Jürgen Banscherus • Der Smaragd der Königin

D1925418

cbj

Foto: © privat

DER AUTOR

Jürgen Banscherus, geb. 1949, arbeitete nach geistes- und sozialwissenschaftlichem Studium als Journalist, Lektor und Dozent in der Erwachsenenbildung. Seit mehr als 20 Jahren schreibt er erfolgreich für Kinder und Jugendliche. Seine Bücher wurden vielfach ausgezeichnet und sind in 14 Sprachen übersetzt. Er lebt mit seiner Frau und seinen beiden Kindern im Ruhrgebiet.

Von Jürgen Banscherus ist bei cbt erschienen:
Bis Sansibar und weiter (30466)

Jürgen Banscherus

Der Smaragd der Königin

cbj

cbj
ist der Kinder- und Jugendbuchverlag
in der Verlagsgruppe Random House

FSC
Mix
Produktgruppe aus vorbildlich
bewirtschafteten Wäldern und
anderen kontrollierten Herkünften

Zert.-Nr. SGS-COC-1940
www.fsc.org
© 1996 Forest Stewardship Council

Verlagsgruppe Random House FSC-DEU-0100
Das für dieses Buch verwendete
FSC-zertifizierte Papier *Munken Print*
liefert Arctic Paper Munkedals AB, Schweden

1. Auflage
Erstmals als cbj Taschenbuch Juli 2008
Gesetzt nach den Regeln der Rechtschreibreform
© 2003 by Arena Verlag GmbH, Würzburg
Alle Rechte dieser Ausgabe vorbehalten durch cbj,
München
Umschlagbild: Eva Czerwenka
Umschlaggestaltung: schwecke.mueller Werbeagentur
GmbH, München
MI · Herstellung: ReD
Satz: Buch-Werkstatt GmbH, Bad Aibling
Druck und Bindung: GGP Media GmbH, Pößneck
ISBN: 978-3-570-21914-0
Printed in Germany

www.cbj-verlag.de

Inhalt

Pia ärgert sich

Vor dem Rathaus, dessen Turm seinen Schatten über den Fischmarkt wirft, sitzt Pia auf der Bordsteinkante und befühlt vorsichtig ihre Backe. Dick ist die, mein lieber Mann, und sie wird immer dicker. Außerdem kann Pia spüren, wie ihr linkes Auge zuschwillt. Es ist nur eine Frage der Zeit, wann sie nichts mehr sehen kann. Zum Glück sind ihre Zähne heil geblieben, wenigstens das. Ein abgebrochener Zahn hätte ihr gerade noch gefehlt.

Als Alex in der großen Pause mit seiner linken Geraden auf ihren Kopf zielte, hat sich Pia, wie sie es gelernt hat, weggeduckt. Aber genau darauf hatte Alex wohl gewartet. Mit einem rechten Aufwärtshaken erwischte er sie am Auge, danach mit einer linken Geraden an der Backe. Ein paar Minuten später hat sie ihn k.o. geschlagen, Alex hatte keine Chance. Aber das ändert nichts daran: Mit ihrem zerbeulten Gesicht sieht Pia aus wie Frankensteins Tochter.

Wütend tritt sie gegen eine leere Cola-Dose. Warum haben ihre Eltern sie bloß Pia genannt? Wussten sie nicht, wie oberpeinlich der Name ist? Gleich in der ersten Stunde des neuen Schuljahrs hat ihr Religionslehrer erklärt, dass Pia aus dem Lateinischen käme und »die Fromme« heiße. Natürlich kringelten sich ihre Mitschüler vor Lachen, sie selbst hätte sich am liebsten unter der Bank verkrochen. Über ihre knallroten Haare hatten sich Alex und ein paar andere schon vorher lustig gemacht. Jetzt war noch ihr dämlicher Name dazugekommen.

Deshalb hat es am Morgen auch den Streit gegeben. Alex ist über den Schulhof gerannt und hat »Es brennt! Es brennt! Die Fromme brennt!« gebrüllt. Alle haben geguckt, sogar der Lennart aus der 7, in den sie manchmal verknallt ist. Was ist ihr da übrig geblieben, als Alex eins auf die Nase zu geben?

Er war schuld an der Prügelei, aber das haben sie ihr in der Schule nicht geglaubt, natürlich nicht, die haben was gegen sie. Und deshalb steckt jetzt ein Brief an die Eltern in Pias Schultasche. Es ist schon der zweite in diesem Schuljahr. Beim ersten Mal hat sie sich mit Sven geprügelt. Allerdings hat ihr Gesicht hinterher nicht halb so schlimm ausgesehen wie nach dem Kampf mit Alex.

Warum haben ihre Eltern sie nicht Katharina genannt? Der Name passt doch viel besser zu ihr. Immerhin war Katharina Zarin und, wenn Pia das im Fernsehen richtig mitgekriegt hat, die mächtigste Frau Russlands. Gegen Madonna hat sie auch nichts. Oder gegen Marilyn. Aber nein, es hat Pia sein müssen. Die Mädchen in ihrer Klasse haben so doofe Namen wie Laura, Julia oder Friederike. Trotzdem würde sie mit jeder von ihnen tauschen.

Während Pia durch die Stadt läuft und sich ärgert, wacht Puschkin auf. Die Uhr auf dem Nachtschränkchen zeigt halb eins, nicht zu fassen, wie lange er geschlafen hat. Durchs Dachfenster scheint die Sonne ins Zimmer, eine einsame Wolke schippert Richtung Hafen.

»Mittagessen ist fertig!«, hört Puschkin Viola rufen. »Es gibt Tofuschnitzel!«

Er verzieht das faltige Gesicht zu einer Grimasse. »Ich bin krank«, nuschelt er in sein Kopfkissen. »Lass mich bloß mit deinen Pappschnitzeln in Frieden!«

Ächzend dreht er sich auf die Seite und greift nach der Kassette, die neben ihm auf dem Nachtschränkchen liegt. Doktor Höppner hat sie ihm bei seinem letzten Besuch mitgebracht. Wann war das? Gestern? Oder letzte Woche? Puschkin kann sich nicht erinnern, in letzter Zeit spielt sein Gedächtnis manchmal verrückt.

Er nimmt sein Gebiss aus dem Wasserglas, steckt es sich umständlich in den Mund und setzt die Lesebrille auf. Seit er einmal aus Versehen drauf geschlafen hat, sind beide Bügel mit Leukoplast geflickt. Alle machen Witze darüber, aber ihn lässt das kalt. Er hängt an seiner Brille, er will keine andere.

»M-e-n-t-a-l-e-s S-c-h-w-i-n-d-e-l-t-r-a-i-n-i-n-g« steht handgeschrieben auf dem Rücken der Kassette, Puschkin hat Mühe, die Schrift zu entziffern. Was hat sich der Doktor bloß dabei gedacht? So ein Training ist was für Staubsaugervertreter. Oder Politiker. Jedenfalls bestimmt nichts für einen alten Knacker wie ihn. Außerdem kann er schwindeln, da steckt er jeden in die Tasche.

Kopfschüttelnd lässt er die Kassette im Inneren des Nachtschränkchens verschwinden. Bei Gelegenheit wird er sie Holger geben. Vielleicht weiß der was damit anzufangen. Puschkins Sohn arbeitet nämlich bei der Bank. Wie Marga, Puschkins unverheiratete Tochter. Die beiden sind leider völlig aus der Art geschlagen. Das Interesse an allem, was mit Geld zu tun hat, haben sie von ihm geerbt, immerhin. Aber Bankangestellter wäre er nie geworden, nie im Leben!

Holger hat das rot geklinkerte Haus am Kirchweg 27 vor zwölf Jahren gekauft. Puschkin haben sie in der Einliegerwohnung im zweiten Stock einquartiert. Sie besitzt eine winzige Schlafkammer, ein nicht viel größeres Wohnzimmer und ein Bad. In den Sommermonaten ist es hier heiß wie die Hölle, im Winter manchmal so kalt, dass Puschkin nachts die gefütterte Mütze mit den gestrickten Ohrenklappen aufsetzen muss. Im Erdgeschoss und im ersten Stock wohnt Holger mit seiner Familie, das Souterrain haben sie für Marga ausbauen lassen. Seit zwanzig Jahren wartet sie auf einen steinreichen Grafen oder den Vorstandsvorsitzenden einer Bank. Darunter tut die Dame es nicht.

Puschkin lässt seinen kahlen Schädel aufs Kissen zurückfallen und schließt die Augen. Früher hat er mal dichte feuerrote Haare gehabt, die Frauen haben sich auf der Straße nach ihm umgedreht, jawoll, das haben sie. Aber das ist eine Ewigkeit her. Jetzt gleicht er mit seiner Glatze eher den hässlichen Truthähnen auf dem Hof vom Bauern Jensen, draußen in der Marsch.

Vor zwei Monaten hat Puschkin seinen siebzigsten Geburtstag gefeiert. Mit Holger, Viola und dem Rest der Familie ist der Tag zum Gähnen langweilig gewesen: Orangensaft und alkoholfreien Sekt zum Frühstück, Kaffee und Kuchen am Nachmittag. Aber eine Woche später hat er es krachen lassen, richtig krachen, jawoll! Da hat er alle alten Freunde in die ROTE HELENE unten am Hafen eingeladen. Viola und Holger haben sich in die Bar kaum reingetraut und sind schon nach einer Stunde wieder gegangen. Die anderen haben es länger ausgehalten. Bis morgens um sieben haben sie gefeiert, Bier und Schnaps getrunken und sich Geschichten von früher erzählt.

Am nächsten Tag ist ihm dann schwindlig gewesen, Doktor Höppner hat kommen müssen. Und Holger und Marga haben ihn ausgeschimpft. Er sei keine zwanzig mehr, haben sie gesagt. Er müsse sich schonen, der Schnaps bringe ihn noch ins Grab. Puschkin hat seine Ohren auf Durchzug gestellt. Mit siebzig darf es einem ruhig schon mal schwindlig sein. Wenn das Wetter wechselt. Wenn einen das verdammte Rheuma zwickt. Oder wenn man sich geärgert hat. Weil einem keiner die Zeitung raufbringt. Oder weil einer die Wodkaflasche versteckt hat.

Jetzt klopft es energisch an Puschkins Tür. Es ist Viola. An vier Vormittagen in der Woche arbeitet sie als Kundenberaterin in der Bank, in der Holger letztes Jahr zum Leiter der Wertpapierabteilung befördert worden ist. Viola sieht gut aus, das ja. Aber sie ist Puschkin zu dünn. Eindeutig. Außerdem trampelt sie ihm mit ihrem Sauberkeitsfimmel auf den Nerven rum. Doch für den braven Holger ist sie offenbar genau die Richtige.

»Geht's dir nicht gut, Vater?«, fragt sie.

»Nein.«

»Kommst du runter?«

»Nein.«

»Soll ich dir dein Essen raufbringen?«

»Nein.«

»Vielleicht eine Suppe?«

»Nein.«

Sie zieht die linke Augenbraue hoch. »Na, dann wünsche ich dir noch einen schönen Tag«, sagt sie schnippisch, wischt ein paar Krümel vom Nachtschränkchen und wendet sich zur Tür.

»Nein«, sagt Puschkin, weil er schon einmal dabei ist und weil das bestimmt kein schöner Tag mehr werden wird.

»Es ist schwierig mit dir«, sagt sie.

»Die Zeitung«, sagt Puschkin.

»Du könntest ›Bitte‹ sagen.«

»Nein!«

»Brauchst du sonst noch was?«

»Nein!!«

Ein paar Minuten später liegt die Zeitung vor Puschkin auf der Bettdecke. Viola hat sie ihm ohne ein weiteres Wort heraufgebracht.

Wie jeden Tag vertieft er sich zuerst in die aktuellen Börsenkurse. Immerhin besitzt er einen Haufen Aktien, von dem niemand in der Familie was weiß. Außerdem ist er einmal in den größten Bankhäusern ein und aus gegangen. Sozusagen …

Danach liest er die Seite mit den Berichten aus aller Welt. Mord, Totschlag, Überfälle, die Frühjahrsmodenschau in Mailand, ein neuer Pandabär für den Berliner Zoo. Das Übliche eben, er liest es und vergisst es wieder.

Doch für eine Meldung gilt das nicht, die interessiert ihn mehr als die übrigen Artikel. »98-Jähriger bezwingt Montblanc« steht da in fetten Buchstaben. Der alte Mann, ein früherer Bergführer, habe den höchsten Berg Europas zusammen mit seinem 21-jährigen Urenkel bestiegen. Der 98-Jährige sei damit der älteste Mensch, der je auf dem Gipfel des Montblanc gestanden habe.

Puschkin streckt sich, dass seine brüchigen Knochen empört in ihren Gelenken knacken. Er ist früher mit Begeisterung geklettert, mit Begeisterung, jawoll! Wenn auch nicht in den Bergen … Doch eine Tour auf den Montblanc kann er vergessen. Mit seinem Rheuma und den verdammten Schwindelanfällen schafft er es an manchen Tagen kaum die Treppen zu seiner Wohnung hinauf.

Unter den Todesanzeigen findet sich niemand, den er kennt. Das ist beruhigend, irgendwie. Im Lokalteil fällt ihm dann ein Artikel ins Auge, der ihn noch neugieriger als die Montblanc-Geschichte macht und ihn auf der Stelle Rheuma und Schwindel vergessen lässt. Unter der geheimnisvollen Überschrift »Der Smaragd der Königin« liest er:

»Die Besitzerin eines der berühmtesten Edelsteine der Welt weilt seit gestern in unserer Stadt. Gloria von Waldenfels, die Witwe eines Ölmagnaten, hat eine Suite im Grandhotel bezogen. Wie aus gut unterrichteten Kreisen zu erfahren war, führt sie den Smaragd, dessen Herkunft im Dunkeln liegt, auf allen Reisen mit sich. Der Legende nach darf der Besitzer des Edelsteins mit Gesundheit und einem langen Leben rechnen.«

Neben dem Bericht ist das Bild einer stattlichen Dame zu sehen. Die Haare der Frau türmen sich zu einer furchterregenden Hochfrisur, mit ebenmäßigen Zähnen lacht sie in die Kamera. Puschkin schnalzt mit der Zunge. Sieht gut aus die Lady. Ob die Zähne wohl echt sind? Aber noch besser gefällt ihm der große Stein, den sie um den Hals trägt. Natürlich hat Puschkin schon von dem Smaragd der Königin gehört. Schließlich ist er vom Fach.

»Gesundheit und ein langes Leben, ein langes, jawoll!«, murmelt er. »Na, dann mal los. Attacke!« Er lässt die Zeitung achtlos neben das Bett fallen und tastet mit den Füßen nach seinen Hausschuhen. Der Wecker zeigt Viertel nach eins.

Als Pia an diesem Mittag nach Hause kommt, wartet Mama schon mit dem Essen auf sie. »Wie war's in der Schule?«, will sie wissen. Das fragt sie jeden Tag.

Und wie jeden Tag antwortet Pia: »Ging so.« Das stimmt natürlich nicht, überhaupt nicht. Da war nicht nur die Schlägerei mit Alex. Nein, sie haben auch noch die Deutscharbeit zurückgekriegt.

»Was gibt's zu essen?«, fragt sie.

»Lauchgemüse mit Pariser Kartöffelchen und einem panierten Tofuschnitzel.«

»Tofu? Igitt!«

»Pia! Also wirklich!«

Erst in diesem Augenblick bemerkt Mama die Kampfspuren in Pias Gesicht. »Was ist passiert?«, ruft sie erschrocken. »Bist du gefallen, Kind?«

Statt zu antworten, fischt Pia den Brief aus der Schultasche. »Ich möchte Sie davon in Kenntnis setzen, dass sich Ihre Tochter Pia in der großen Pause wieder einmal mit einem Jungen aus ihrer Klasse geschlagen hat«, liest ihre Mutter laut vor. »Dabei ist sie mit einer solchen Brutalität vorgegangen, dass der Junge nach Hause geschickt werden musste. Ein derartiges Verhalten können wir nicht dulden. Ich bitte Sie deshalb zu einem Gespräch in unsere Schule. Für die Terminabsprache ist unser Sekretariat zuständig.«

»Der Alex hat angefangen«, erklärt Pia. »Der hat mich geärgert. Wegen meiner roten Haare und weil ich Pia heiße.«

»Und da schlägst du gleich zu?«, fragt Mama fassungslos. »Dabei hast du uns nach der Geschichte mit Sven versprochen, dass du das nicht mehr tun willst!«

»Na ja«, murmelt Pia.

»Der arme Junge«, sagt Mama. Das gibt's ja gar nicht! Nimmt sie Alex etwa in Schutz?

»Der arme Junge«, äfft Pia sie nach. »Und was ist mit meinem Gesicht?«

Ihre Mutter betupft die Schwellungen mit einem feuchten Lappen. »Es schaut schrecklich aus.«

»Siehst du.«

»Nur …«, beginnt ihre Mutter.

Sofort wird sie von Pia unterbrochen. »Ihr habt immer gesagt, ich soll mich wehren«, sagt sie.

»Stimmt. Aber du kannst doch nicht einfach auf jemanden losgehen. Bloß weil er dich ein bisschen geärgert hat!« Mama streicht sich die Haare aus dem Gesicht und seufzt. »Wir hätten deinem Großvater eben nicht erlauben sollen, dir Boxen beizubringen.«

»Warum sollen Mädchen nicht boxen?«, ruft Pia.

Mama übergeht die Frage. »Dein Vater wird über den Brief sehr traurig sein«, sagt sie stattdessen. »Wie soll es mit dir bloß weitergehen, Kind?«

Pia zuckt die Schultern. Woher soll sie das wissen? »Wo ist Einstein?«, fragt sie, während sie sich ein paar Kartöffelchen in den Mund steckt, Lauchgemüse und Tofuschnitzel aber nicht anrührt. Beim Kauen schmerzt ihre Backe, das linke Auge hat sich jetzt bis auf einen schmalen Spalt geschlossen. Alex hat wirklich verdammt gut getroffen.

»Thomas hat heute acht Stunden«, antwortet ihre Mutter, nimmt einen Lippenstift aus dem Küchenschrank und zieht sich die Lippen nach. »Und sag bitte nicht Einstein zu ihm«, fährt sie fort. »Du weißt, dass er das nicht mag.«

»Phht«, macht Pia. Ihr großer Bruder verkraftet das schon. Schließlich hält er sich für mindestens so schlau wie der berühmte Physiker mit den langen weißen Haaren, der einem auf den Plakaten die Zunge rausstreckt. Einsteins Zeugnisse wimmeln nur so von Einsen, er hat bereits eine Klasse übersprungen. Nach dem Abitur will er zur Bank. Wie Mama. Und Papa. Und wie Tante Marga.

»Ist Puschkin nicht da?«, fragt Pia.

Mama verzieht das Gesicht. Sie mag es überhaupt nicht, wenn Pia ihren Opa so nennt. »Dein Großvater ist weggegangen. Ich weiß nicht, wohin. Gegessen hat er auch nicht. Er wird immer verrückter, manchmal benimmt er sich wie ein ungezogenes Kind. Es wird höchste Zeit, dass er in ein Altersheim kommt.«

Pia sagt nichts dazu. Über Puschkin kann sie mit ihren Eltern nicht reden, das braucht sie gar nicht erst zu versuchen. Sie hilft Mama beim Abräumen und Spülen, bringt ihre Schultasche in ihr Zimmer im ersten Stock und steigt dann die Treppe hinauf zu Puschkins Wohnung.

Er ist tatsächlich nicht da. Sein Bett ist nicht gemacht,

die Zeitung liegt auf dem Boden, der Kleiderschrank steht offen. Pia schnuppert – es riecht eindeutig nach Parfüm. Komisch, nach Parfüm duftet es bei Puschkin sonst höchstens zu Weihnachten oder an seinem Geburtstag. Auf dem Rand des Waschbeckens im Bad liegt der altmodische Rasierer mit der langen Klinge, die man schärfen muss, bevor man sie benutzt. Es ist lange her, dass sich Puschkin rasiert hat, seine Backen haben in der letzten Zeit wie Sandpapier gekratzt.

Pia versinkt in einem der beiden Ohrensessel. Hier sitzt sie oft und lässt sich von Puschkin Geschichten erzählen – wenn ihn sein Rheuma nicht zwickt. Oder wenn er nicht einen seiner Tage hat, an denen er von morgens bis abends an die Zimmerdecke starrt.

In der Zeitung, die Puschkin wie üblich einfach auf den Boden geworfen hat, hat er einen Artikel dick mit einem Bleistift angestrichen. »Der Smaragd der Königin« steht drüber. Pia überfliegt die Zeilen. Steinreiche Witwe, Grandhotel, berühmter Edelstein, Gesundheit, langes Leben – was hat das alles mit Opa zu tun? Kennt er die Frau mit der komischen Frisur?

Im Kleiderschrank fehlt Puschkins bester Anzug. Außerdem sind seine Wildlederschuhe, das schwarz-weiß gestreifte Sonntagshemd, der schicke Wintermantel und der knallrote Seidenschlips, den er auf seinem siebzigsten Geburtstag getragen hat, verschwunden.

Puschkin und diese reiche Tussi – was ist zwischen den beiden? Mama hält ihren Mittagsschlaf, wenn man sie dabei stört, bekommt sie einen Wutanfall. Also rennt Pia, ohne jemandem Bescheid zu sagen, aus dem Haus, holt ihr Rad aus der Garage und fährt los. Ihre Schularbeiten kann sie später machen. Das hier ist jetzt wichtiger.

Auf den Straßen, die zum Hafen hinunterführen, herrscht kaum Betrieb. Nur in den beiden Kaufhäusern drängen sich die Leute. Pia hält an und betrachtet sich im Schaufenster des Fischgeschäfts Lange. Der intensive Geruch von Krabben und Muscheln verschlägt ihr für einen Moment den Atem. Mit ihrer dicken Backe, dem zugeschwollenen Auge und den nach allen Seiten abstehenden roten Haaren sieht sie wie eine Mischung aus Pippi Langstrumpf und Frankensteins Tochter aus. Für das, was sie vorhat, hätte sie sich wenigstens ihre gute Jacke und die neuen Jeans anziehen sollen.

Als Pia vor dem Grandhotel hält und durch das Eingangsportal ins Innere schaut, sieht sie Puschkin gegenüber der Rezeption in einem braunen Ledersessel sitzen. Auf dem Tischchen vor ihm steht eine Tasse Kaffee, im Aschenbecher qualmt eine dicke Zigarre. In seinen schicken Sachen sieht Opa gut aus, verdammt gut. Wenn sie daran denkt, wie er noch gestern in seinem alten Schlafanzug und mit den karierten Schlappen an den Füßen als klappriges Gespenst durch seine Wohnung geschlurft ist, grenzt das hier an Zauberei. Wer ihn nicht kennt, könnte glauben, er hätte in seinem Leben nie was anderes gemacht, als in den Eingangshallen vornehmer Hotels zu sitzen.

In diesem Augenblick kommt der Portier auf Pia zu. Er trägt eine Livree mit Goldknöpfen und einen blauen Zylinder auf dem Kopf. Lang wie er ist, könnte er glatt aus der Dachrinne trinken.

»Kann ich dir helfen?«, fragt er.

»Puschkin … äh, mein Opa sitzt da drinnen«, antwortet Pia und muss ihren Kopf weit in den Nacken legen, um das Gesicht des Portiers zu sehen.

»Dann geh doch rein«, sagt der Mann freundlich.

Damit hat Pia nicht gerechnet. Kaum zu glauben, dass sie eine Pippi Frankenstein so einfach ins Grandhotel lassen.

»Und … und mein Fahrrad?«, stottert sie.

»Darum kümmere ich mich.«

Mensch, der Portier ist echt nett. Sie drückt ihm das Rad in die Hand, versucht, sich – erfolglos – die Haare glatt zu streichen, und betritt das Hotel.

»Was tust du denn hier?«, fragt Puschkin überrascht, als sie vor ihm steht.

»Dasselbe wollte ich dich gerade fragen«, antwortet Pia.

Er zeigt auf ihr Gesicht. »Das sieht ja schlimm aus, schlimm, jawoll. Hast du dich geprügelt?«

Sie nickt.

»Wer hat gewonnen?«

»Ich. Erst eine linke Gerade auf die Nase, dann ein Aufwärtshaken genau auf die Kinnspitze. Alex war bis neun am Boden.«

»Sehr gut.« Puschkin zieht an seiner Zigarre und lässt den Qualm spielerisch um seinen Kopf kreisen. »Du hast die Zeitung gefunden. Stimmt's?«, sagt er. »Da konntest du dir denken, wo ich bin.«

Pia nickt.

»Setz dich«, sagt Puschkin. »Willst du was trinken?«

»Cola.«

Puschkin gibt dem Kellner ein Zeichen und bestellt für Pia eine Cola und für sich ein Glas Wodka.

Ob es eine bestimmte Sorte sein solle, fragt der Kellner.

»Puschkin«, antwortet Puschkin.

»Wie viel hast du heute schon getrunken?«, will Pia wissen, nachdem der Kellner gegangen ist.

Ihr Großvater hebt drei Finger zum Schwur. »Es ist das erste Glas, das erste, jawoll. Und red mit mir nicht wie deine Mutter, wenn ich bitten darf!«

»In Ordnung. Also, was tust du hier?«, fragt Pia.

Puschkin schmunzelt. »Ich warte.«

»Auf die reiche Tussi? Was willst du von ihr, Puschkin? Du hast doch mich!«

»Die Dame hat was, was du nicht hast.«

»Einen großen Busen?«

Puschkin lacht. »Den hat sie auch.«

»Den Stein?«

»Genau, Pia, sie hat den Smaragd der Königin.«

»Und den willst du haben«, sagt Pia. »Hab ich recht?«

»Kluges Kind«, antwortet Puschkin.

»Damit dir nicht mehr schwindlig ist und du hundertzwanzig Jahre alt wirst.«

Er lacht. »Hundertfünfzig! Und das verflixte Rheuma soll auch verschwinden. Und mit neunundneunzig will ich auf den Montblanc, mit neunundneunzig, jawoll!«

Pia denkt einen Moment nach. Was ist, wenn Mama und Papa recht haben und Puschkin doch verrückt ist? Wenigstens ein bisschen? Das mit dem Stein kann doch nicht sein Ernst sein! »Und du glaubst an den Blödsinn?«, fragt sie vorsichtig, um ihn nicht zu reizen. »Du glaubst echt, dass dir ein Stein helfen kann?«

»Es gibt mehr Dinge zwischen Himmel und Erde, als eure

Schulweisheit sich träumen lässt«, antwortet er feierlich. Manchmal redet er wie ein Pfarrer. Oder wie ein Politiker.

»Blabla«, sagt Pia. »Sonst willst du nichts von ihr? Sei ehrlich, Puschkin!«

»Sie ist verdammt hübsch für ihr Alter«, antwortet er.

Eigentlich mag Pia alles an ihrem Großvater: seine Glatze, die wie eine dicke Billardkugel aussieht, die Haare, die ihm in Büscheln aus Ohren und Nase wachsen, die Geschichten, die er ihr erzählt. Nur eines mag sie überhaupt nicht – dass keine Frau zwischen fünfzig und fünfundneunzig vor ihm sicher ist. Das findet sie einfach blöd.

»Hast du einen Plan?«, fragt Pia.

»Hab ich.«

»Erzählst du ihn mir?«

»Wenn du dichthältst.«

In diesem Augenblick öffnet sich die Tür des Fahrstuhls und eine Dame in einem langen lachsfarbenen Kleid und mit einer weißen Pelzstola um die Schultern kommt heraus. Ach was, sie kommt nicht einfach so, sie schwebt! Ihre Füße scheinen kaum den Boden zu berühren. Nur ein paar Meter von Pia und Puschkin entfernt setzt sie sich an ein Tischchen, zündet sich eine Zigarette an, die sie vorher umständlich in eine silberne Spitze gesteckt hat, und winkt dem Kellner.

»Ist sie das?«, flüstert Pia.

Puschkin nickt und streicht sich mit einem blütenweißen Taschentuch über seine Glatze. »Du musst jetzt gehen«, sagt er. »Attacke!«

»Und der Plan?«, will Pia wissen.

»Später«, antwortet er.

Sie bekäme zwar zu gern mit, wie es mit Opa und dieser Tussi weitergeht. Aber andererseits will sie Puschkin nicht den Auftritt vermasseln. Also gibt sie ihm einen Kuss und läuft hinaus. Kaum tritt sie aus der Drehtür ins Freie, bringt ihr der freundliche Portier schon das Fahrrad.

»Sie sind sehr nett«, sagt Pia. Ihn kann sie bestimmt fragen – auch wenn er goldene Knöpfe an der Jacke hat und einen Zylinder trägt. »Ist diese Gloria von Dingsbums wirklich reich?«

»Frau von Waldenfels? Allerdings. Wenn mir jeder so viel Trinkgeld geben würde wie sie, könnte ich bald zu arbeiten aufhören.«

»Ich kann Ihnen leider kein Trinkgeld …«, beginnt Pia.

»Für das Fahrrad?«, unterbricht er sie und lacht. »Das brauchst du nicht.«

»Haben Sie den Stein schon gesehen?«, fragt Pia weiter. »Ich meine den Smaragd der Königin?«

Der Portier schüttelt den Kopf. »Mit so etwas Kostbarem läuft man nicht herum. Den verwahrt Frau von Waldenfels bestimmt in ihrer Suite. Unsere Safes sind nämlich absolut einbruchsicher.«

»Suite?«

»Frau von Waldenfels wohnt in der Präsidentensuite«, erklärt der Portier feierlich. »Im vierten Stock. Dort residieren nur unsere prominentesten Gäste.«

»Aha«, sagt Pia und fragt sich, ob wohl alle Portiers so gesprächig sind wie dieser hier.

Bevor sie losfährt, wirft sie noch einen Blick ins Innere des Hotels. Puschkin sitzt neben dieser Gloria von Dingsbums und redet auf sie ein. Die Frau lacht, dass ihr viel zu großer Busen wackelt. Opa hat wirklich keine Zeit verloren.

»Kennt dein Großvater Frau von Waldenfels?«, will der Portier wissen, der sich hinter sie gestellt hat und ebenfalls unauffällig ins Hotel guckt.

»Sieht ganz so aus«, antwortet Pia.

Puschkin hat einen Plan

Als Pia vom Grandhotel nach Hause kommt, sitzt Thomas in der Küche beim Mittagessen. Mama schläft noch immer, aus dem Wohnzimmer ist ihr leises Schnarchen zu hören.

»Hallo, Einstein«, begrüßt Pia ihren großen Bruder.

»Nenn mich nicht Einstein!«, knurrt er.

»In Ordnung, Einstein«, sagt sie.

»Was ist mit deiner Deutscharbeit?«, fragt er und grinst hinterhältig.

»Mit welcher Deutscharbeit?«, fragt sie zurück.

»Das weißt du genau.« Er steht auf, räumt sein Geschirr in die Spülmaschine und wischt den Tisch ab. »Hast du Mama gesagt, dass du eine Fünf hast?«, fragt er, ohne mit seinem Grinsen aufzuhören.

Kann an dieser blöden Schule eigentlich gar nichts geheim bleiben? Am liebsten würde sie Einstein ins Gesicht springen – nur damit er endlich mit seinem dämlichen Grinsen aufhört. Aber sie beherrscht sich, eine Schlägerei am Tag ist genug. Außerdem hätte sie gegen Thomas keine Chance. Ihr Bruder ist eine andere Gewichtsklasse, Halbweltergewicht oder so.

»Hab ich nicht«, antwortet sie. »Ich werde es Mama und

Papa heute Abend sagen. Außerdem war es eine Grammatikarbeit. Grammatik kann keiner.«

»Ach!«

»Außer dir natürlich, Einstein.«

»Genau, Schwesterchen. Und sag nicht immer Einstein zu mir.«

In ihrem Zimmer verteilt Pia Schulhefte und Schulbücher großzügig über ihren Schreibtisch, schiebt die neue Kuschelrock-Kassette ins Radio und legt sich auf ihren weichen Hirtenteppich. Solange sie nicht weiß, was Puschkin ausgeheckt hat, hat es überhaupt keinen Zweck, mit den Schularbeiten anzufangen, da kann sie sich sowieso nicht konzentrieren.

Puschkin hat ein verrücktes Leben geführt, ihm ist so ziemlich alles zuzutrauen. Wenigstens darin ist Pia mit ihren Eltern, Einstein und Tante Marga einer Meinung. Nach der Schule ist er zu einem Uhrmacher in die Lehre gegangen. Daneben boxte er und gewann sogar einige Meisterschaften. Für eine große Karriere reichte sein Talent allerdings nicht aus.

Dafür entdeckte er eine andere Begabung. Mit zwanzig knackte er seinen ersten Geldschrank und verschwand mit der Beute nach Südamerika. In den folgenden Jahren trieb er sich überall in der Welt herum, keine Bank, kein Safe, kein Firmentresor war vor ihm sicher. Wo andere Tresorknacker Dynamit brauchten, um einen Safe zu öffnen, reichten ihm seine geschickten Uhrmacherfinger und seine empfindlichen Ohren, die auch das leiseste Geräusch registrierten. War das Geld alle, heuerte er im nächstbesten Hafen als Matrose an. Er räumte Tresore aus, kurz bevor sein

Schiff auslief, und war längst wieder auf hoher See, wenn die Einbrüche entdeckt wurden.

Zuerst glaubte Pia ihrem Großvater nicht, es klang alles zu unwahrscheinlich. Ihr klappriger Opa, der an manchen Tagen kaum das Schloss in der Haustür fand, sollte ein berüchtigter Panzerschrankknacker gewesen sein? Da lachten ja die Hühner! Aber dann bat er sie eines Mittags, ihm ihr Tagebuch zu bringen. Es war mit einer Zahlenkombination verschlossen, die außer ihr niemand kannte.

Puschkin forderte Pia auf, die Zahlen zu verstellen. Statt der »505«, mit der sich das Schloss öffnen ließ, stellte sie »666« ein – natürlich ohne dass er es sehen konnte.

»Und jetzt stopp die Zeit«, befahl er.

Sie tat es. Puschkin hielt das Buch an sein linkes Ohr, schloss die Augen, drehte ein paarmal an den silbernen Rädchen – und nach genau 23 Sekunden lag es geöffnet vor ihr. Von dem Tag an glaubte sie so ziemlich alles, was Opa ihr aus seiner wilden Vergangenheit erzählte.

Als sie einmal ihren Vater danach fragte, sagte der bloß: »Jaja, dein Großvater war schon ein Schlimmer.« Dann schwieg er. Es schien ihm peinlich zu sein, darüber zu reden. Genau wie Tante Marga.

Doch Puschkin erzählt ihr nicht nur Geschichten, er zeigt ihr auch Tresorknackertricks. Wenn keiner von den anderen zu Hause ist, darf sie an geheimnisvollen Schlössern üben, die er aus irgendwelchen Verstecken in seinem Zimmer holt.

Ein Leben, in dem man in der Welt herumkommt, in schicken Hotels wohnt und schnelle Autos fährt, würde Pia schon gefallen. Andererseits aber hat sie nicht die geringste

Lust, von der Polizei erwischt zu werden und ins Gefängnis zu wandern. Puschkin hat insgesamt sieben Jahre gesessen, beim letzten Mal fünf Jahre am Stück. Seinen sechzigsten Geburtstag hat er im Gefängnis gefeiert. Bald danach ist er zu ihnen gezogen, nachdem er feierlich versprochen hat, nie wieder ein krummes Ding zu drehen.

Während Pia ihren Gedanken nachhängt, klopft es an ihre Tür. Schnell springt sie auf, stellt das Radio aus und setzt sich mit gezücktem Füller an den Schreibtisch.

»Herein!«, ruft sie.

Es ist ihre Mutter. Sie hat sich frisch geschminkt, in der Hand hält sie eine Tasse Kaffee.

»Dein Opa ist noch nicht zurück«, sagt sie.

»Ich mache mir Sorgen«, fährt sie fort, als Pia nicht antwortet. »Heute Morgen ging es ihm gar nicht gut.«

Pia knabbert an der Kappe ihres Füllers. Seit wann macht sich Mama um Puschkin Sorgen? Bisher hat Pia immer das Gefühl gehabt, dass Opa allen bloß lästig ist, dass sie ihn am liebsten so schnell wie möglich loswerden wollen.

»Puschkin ist im Grandhotel«, sagt sie trocken.

Für einen Augenblick verschlägt es Mama die Sprache. »Wo ist er?«, fragt sie schließlich.

»Im Grandhotel«, antwortet Pia. »Er trinkt Kaffee.«

»Ka-Ka-Kaffee«, wiederholt ihre Mutter stotternd. »Woher weißt du das?«

»Ich hab ihn gesehen«, antwortet Pia. Dass sie sogar mit ihm im Hotel gesessen und Cola getrunken hat, braucht Mama nicht zu wissen.

»Das wird ja immer schöner«, murmelt die. »Höchste Zeit, dass er ins Altersheim kommt.«

»Warum darf Puschkin im Grandhotel keinen Kaffee trinken?«

»Weil … weil …« Ihre Mutter stockt. »Weil du das nicht verstehst«, sagt sie dann. »Und nenn ihn nicht immer Puschkin. Schlimm genug, dass er so viel von dem Zeug trinkt.«

»Opa geht nie ins Altersheim«, sagt Pia. »Da könnt ihr euch auf den Kopf stellen. Eher bringt er sich um.«

Mama verschluckt sich fast an ihrem Kaffee. »Er bringt sich um?«, fragt sie entgeistert.

Pia nickt. »Er hat lange genug im Knast gesessen, sagt er. Und dass es im Altersheim auch nicht anders ist.«

Ihre Mutter kommt zu ihr und drückt sie an sich. Sie riecht toll. Wie immer. »Du steckst zu viel mit deinem Großvater zusammen. Warum hast du keine richtige Freundin wie andere Mädchen?«, fragt sie. »Opa hat einen schlechten Einfluss auf dich.«

»Hat er nicht!«

»Ich möchte zu gern wissen, was er dir erzählt.«

»Geschichten, Mama. Nur Geschichten.«

Sie lässt Pia los.

»Das werden schöne Geschichten sein. Aus seiner ruhmreichen Vergangenheit als Tresorknacker, nehme ich an.«

Pia zuckt die Schultern.

»Papa, Tante Marga und ich verdienen unser Geld ehrlich in der Bank. Wir haben täglich mit Hunderttausenden von Euro zu tun. Trotzdem lässt keiner von uns einfach mal ein Päckchen Scheine mitgehen.«

»Ich weiß, Mama«, versucht Pia sie zu beruhigen. Sie kann sich denken, was jetzt kommt.

Und richtig: »Aber was hat dein Opa gemacht?«, ruft Mama und ihre Stimme überschlägt sich. »Er ist in Banken eingebrochen. Dann hat er den dicken Mann markiert und mit Tausendern um sich geworfen. Er war ein Verbrecher, Pia!«

»Ja, ja.«

»Ein Schwerverbrecher!«

»Er ist siebzig, Mama. Ihm ist schwindlig und er hat Rheuma. Und ich hab ihn lieb.«

Ihre Mutter seufzt tief und streicht ihr durch die Haare. »Schon gut. Wir wollen uns nicht streiten. Hast du viel auf?«

»Geht so.«

Nachdem ihre Mutter gegangen ist, legt Pia den Füller weg, klappt die Bücher zu, dreht das Radio auf volle Lautstärke und lässt sich auf den Teppich fallen. Es wird Zeit, dass Puschkin nach Hause kommt. Sie platzt fast vor Neugier.

Erst kurz vor dem Abendessen hält ein Taxi vor dem Haus. Pia, die Puschkin vom Fenster aus gesehen hat, rennt die Treppen hinunter und lässt ihn herein. Er stützt sich auf ihre Schulter und fällt dann ächzend auf den Stuhl neben der Garderobe.

»Was ist …?«, beginnt Pia.

Er legt ihr die Hand auf den Mund. »Später«, flüstert er.

In diesem Moment kommt Pias Mutter aus der Küche. »Da bist du ja endlich, Vater«, sagt sie vorwurfsvoll. »Wir haben uns schon Sorgen gemacht.«

»Ja?«

»Wie siehst du eigentlich aus? Deine Schuhe sind ganz dreckig.«

»Ja?«

»Und dein guter Mantel erst! Den müssen wir in die Reinigung bringen.«

»Ja?«

Sie schüttelt den Kopf. »Ach, mit dir ist nichts anzufangen«, sagt sie. Und: »In fünf Minuten gibt's Abendessen. – Sag jetzt bloß nicht wieder ›Ja?‹!«, faucht sie Puschkin an. Der grinst bloß.

Bei Tisch wird wenig gesprochen. Papa scheint sehr müde zu sein, die Falten auf seiner Stirn sind noch tiefer als sonst, er stochert lustlos in seinem Essen herum. Seit er in der Bank befördert worden ist, ist nicht mehr viel mit ihm los, findet Pia. Tante Marga berichtet vom Kauf ihrer neuen roten Schuhe, hört aber schnell damit auf, als sie merkt, dass sich keiner dafür interessiert. Kein Wunder, schließlich kauft sie alle zwei Wochen ein neues Paar rote Schuhe. Puschkin sagt sowieso selten was. Und Thomas scheint nur darauf zu warten, dass Pia von ihrer Klassenarbeit erzählt.

Doch die denkt gar nicht daran. Wenn sie es sagt, will sie mit Mama und Papa allein sein. Dann kann sie auch gleich über die Prügelei in der Schule reden.

Aber Einstein lässt Pia keine Chance. »Ich habe heute die Mathearbeit zurückgekriegt«, sagt er.

»Und?«, fragt Mama.

»Eins«, antwortet Einstein.

»Natürlich«, sagt Tante Marga in einem Tom, als ob sie selbst die Eins geschrieben hätte.

»Prima«, sagt Pias Vater.

»Und was ist mit deiner Deutscharbeit, Pia?«, fragt Einstein.

Pia spürt, wie ihre Ohren heiß werden. »Na ja«, murmelt sie und funkelt Einstein mit einem Blick an, aus dem Mord blitzt. Oder wenigstens Totschlag.

»Die war wohl nicht so gut«, sagt ihre Mutter.

»Fünf«, flüstert Pia.

»Wie bitte?«, fragt ihr Vater. Er war früher ein guter Schüler, fast so gut wie Einstein. Auf seinem Abiturzeugnis, das er ihr mal gezeigt hat, hat sie keine einzige Drei entdeckt.

»Mangelhaft«, sagt Pia. »Aber es war Grammatik. Grammatik kann keiner.«

»Stimmt«, sagt Puschkin.

»Halt du dich bitte raus, Vater!«, schimpft Papa.

Die nächsten Minuten lässt Pia das Unwetter, das von allen Seiten auf sie herunterprasselt, regungslos über sich ergehen. Schließlich hört sie ihren Vater sagen: »Statt dich mit Jungs zu prügeln, solltest du im Unterricht besser aufpassen. Besser aufpassen und mehr üben!«

»Ich kann ihr ja helfen«, sagt Puschkin.

»Das fehlt noch!«, ruft Tante Marga. Manchmal kann Puschkin kaum glauben, dass diese Streithenne mit ihrem Schuhtick und den ewig zu engen Röcken und Blusen seine Tochter ist.

»Kommt nicht infrage!«, ruft Mama.

Aber Puschkin lässt sich nicht stoppen. »Was ist eigentlich krimineller – eine Bank auszurauben oder eine Bank zu gründen?«, fragt er kichernd. Diese Frage stellt er mindestens einmal die Woche – und immer in den unpassendsten Augenblicken.

Papa schüttelt müde den Kopf. »Du bist unmöglich, Vater«, murmelt er.

»Kann ich jetzt in mein Zimmer gehen?«, fragt Pia und wirft Puschkin einen dankbaren Blick zu.

»Versprichst du uns, dass das die letzte Prügelei war?«

»Ja, Papa.«

»Großes Ehrenwort?«

»Auch das.«

»Und dass du mehr üben willst?«, fragt ihre Mutter.

»Ja, ja. – Was ist mit dem Gespräch in der Schule?«

»Das erledige ich telefonisch«, sagt Papa. »So schlimm war die Geschichte ja nicht. Und immerhin hast du auch ganz schön was abgekriegt.«

Auf der Treppe schwört sich Pia, es Einstein heimzuzahlen. Ihr wird schon was einfallen.

Kurz darauf hört sie Puschkins Schritte und läuft ihm nach. In seiner Wohnung schleudert er die Hausschuhe von den Füßen und lockert den Schlips. Dann nimmt er ein Glas und die Flasche Puschkin aus dem Schränkchen neben dem Bett und gießt sich randvoll ein. »Den habe ich mir verdient«, sagt er, nachdem er das Glas in einem Zug ausgetrunken hat.

»Und?«, fragt Pia. »Wie war's? Erzähl schon!«

»Schön war's«, antwortet er. »Frau von Waldenfels ist eine sehr charmante, gebildete Dame. Gebildet, jawoll.«

»Blabla«, sagt Pia. »Was ist mit dem Smaragd der Königin?«

»Keine Ahnung«, antwortet er. »Ich konnte sie ja schlecht danach fragen. Das hätte sie misstrauisch gemacht.«

»Tüchtiges Mädchen«, sagt er, nachdem sie ihm von dem

Gespräch mit dem Portier berichtet hat, und gießt sich ein zweites Glas ein.

»Und wie sieht nun dein Plan aus?«, will Pia wissen.

»Wir greifen von zwei Seiten an, von zwei Seiten, jawoll«, sagt Puschkin. »›Zangenbewegung‹ nennt man so was. Wenn der eine Angriff nicht klappt, klappt der andere.«

Pia versteht nur Bahnhof.

»Ich komme von innen, du von außen«, fährt Puschkin fort.

Pia kapiert immer noch nichts.

Nun lacht Puschkin. »Jetzt denkst du auch, ich bin verrückt. Wie alle in der Sippe. Stimmt's? Dabei ist die Sache ganz einfach. Ich werde daran arbeiten, dass mich Gloria mit in ihre Suite nimmt.«

»Puschkin!«

»Na und? Wir sind erwachsene Leute, erwachsen, jawoll. Wenn das nicht funktioniert, kletterst du von außen am Hotel hoch und lässt mich rein. Dann muss ich nur noch den Safe knacken und wir haben den Stein.«

Pia schluckt. »Von … von … außen«, stottert sie. »Weißt du eigentlich, in welchem Stockwerk die Präsidentensuite liegt? Im vierten! Außerdem sind die Safes im Hotel einbruchsicher.«

Puschkin lacht. »Kein Safe ist einbruchsicher, keiner, jawoll. Morgen fangen wir mit dem Training an.«

»In Ordnung«, sagt Pia tapfer. Opa ist wirklich verrückt, total Banane. Aber ohne ihn wäre das Leben stinklangweilig. Und ein bisschen trainieren kann nichts schaden. Das heißt ja noch lange nicht, dass sie den Stein wirklich klauen.

»Warum sind eigentlich deine Schuhe und dein Mantel so dreckig?«, fragt sie.

»Ich musste ein paar Sachen verstecken«, sagt er geheimnisvoll. Seine Zunge ist vom Wodka schon ein bisschen schwer geworden. »Aber jetzt bin ich müde. Gute Nacht, Pia.«

Doch die ist noch nicht fertig. »Als du bei uns eingezogen bist, hast du versprochen, dass du nie mehr ein krummes Ding drehen willst«, sagt sie.

Puschkin nickt. »Hab ich.«

»Und jetzt bist du hinter dem Smaragd der Königin her«, fährt Pia fort.

»Das ist Notwehr«, erklärt Puschkin. »Es kann mir doch keiner verbieten, mich gegen das Rheuma und den verdammten Schwindel zu wehren, oder?«

An diesem Abend braucht Pia lange, um einzuschlafen. Das liegt nicht nur an den Schularbeiten, mit denen sie erst kurz nach zehn fertig geworden ist. Nein, sobald Pia die Augen schließt, sieht sie sich in schwindelerregender Höhe an einer Dachrinne hängen. Und nirgendwo findet sich ein Mauervorsprung, auf den sie ihre Füße stellen kann.

Worauf hat sie sich bloß eingelassen? Der Plan kann einfach nicht funktionieren. Puschkin ist alt und klapprig. Diese Gloria von Dingsbums wird ihn niemals mit in ihre Suite nehmen. Und selbst wenn sie es tut – wieso ist er so sicher, dass er den Safe dann knacken kann? Puschkin ist schließlich schon lange aus der Übung!

Und sie selbst? Sie ist in ihrem Leben nie höher als auf den krummen Apfelbaum im Garten und auf die Garage geklettert. Ein Aufstieg zum vierten Stock vom Grandhotel ist einfach Wahnsinn, glatter Selbstmord. Gleich morgen wird sie mit Puschkin sprechen. Sie muss ihn davon überzeugen, dass er auch ohne den Smaragd hundert werden kann. Außerdem glauben nur Spinner an die Wunderkräfte eines Edelsteins. Und Puschkin ist kein Spinner – oder vielleicht doch?

Pia lernt zielen

Am nächsten Morgen tun Puschkin alle Glieder weh – vom kleinen Finger bis zum dicken Zeh. Nicht mal nach einem verlorenen Boxkampf ist es ihm so schlecht gegangen. Eine Weile sucht er mit der Hand unter dem Bett. Endlich findet er die Schachtel mit dem Schmerzmittel, das ihm der Doktor für alle Fälle verschrieben hat. Bis die Wirkung der Tabletten einsetzt, muss er jetzt eine Viertelstunde warten – wenn er Glück hat.

Ein einziger Nachmittag mit Frau von Waldenfels, bei dem sie nur in der Hotellobby gesessen, eine Kleinigkeit getrunken und sich unterhalten haben, lässt ihn fast aus den Puschen kippen. Wie soll sein Plan unter diesen Voraussetzungen gelingen? Wird die schöne Gloria einen klapprigen Truthahn wie ihn mit in ihre Suite nehmen?

Aber etwas anderes macht ihm noch mehr zu schaffen: Wieso ist er eigentlich so sicher, dass der Stein wirklich Wunderkräfte besitzt? Vielleicht hat Pia ja recht und es ist alles bloß dummes Geschwätz. Andererseits hat ihm Doktor Höppner gesagt, dass er mit dem Rheuma und den Schwindelanfällen leben muss, dass die Beschwerden nie ganz verschwinden werden. Aber er will, dass die Schmerzen und der Schwindel aufhören. Und zwar so schnell wie möglich! Dafür wird er sogar den Smaragd der Königin stehlen – auch wenn er hundertmal versprochen hat, kein krummes Ding mehr zu drehen.

Und wenn man sie erwischt, wenn irgendjemand Wind von der Sache bekommt? Pia wird nichts passieren, die ist zu jung. Vielleicht wird es eine Ermahnung an die Eltern geben, mehr auf keinen Fall. Und was wird aus ihm? In den Knast geht er jedenfalls nicht, da bringen ihn keine zehn Pferde mehr hin!

Ächzend steht er auf, schlurft ins Bad und wäscht sich. Die Schmerzen haben inzwischen nachgelassen. Im Haus ist es still, er kann für ein paar Stunden tun und lassen, wozu er Lust hat.

In der großen Küche im Erdgeschoss setzt er Kaffee auf und schmiert sich ein Butterbrot mit einem Gemisch aus Leberwurst und Erdbeermarmelade. Außer ihm mag das niemand. Sogar Pia nicht. Dabei gibt es für einen Feinschmecker nichts Köstlicheres. Dann holt er das Telefon aus der Diele und wählt die Nummer seiner Bank. Er könnte auch von seiner Wohnung aus telefonieren. Aber so geht das Gespräch auf Holgers Rechnung. Puschkin gießt sich Kaffee ein und grinst. Eine kleine Gemeinheit am Morgen lässt den Tag gleich viel freundlicher aussehen.

»Ich wüsste gern meinen Kontostand«, sagt Puschkin, nachdem er die Geheimnummer für sein Festgeldkonto durchgegeben hat.

»Einen Augenblick, bitte«, kommt es aus dem Hörer. »Es sind einhundertdreiundachtzigtausendsiebenhundertsiebenundzwanzig Euro.«

»Und elf Cent«, fügt die Frau nach einer kurzen Pause hinzu.

Puschkin bedankt sich und beißt lächelnd in sein Brot. Wenn Holger, Viola und Marga wüssten, was er auf der hohen Kante hat – die würden Augen machen! Die drei glauben, dass er alles Geld aus seinen Einbrüchen durchgebracht hat. Pustekuchen! Na, er wird sie noch ein Weilchen in ihrem Glauben lassen …

Als Pia am Mittag vom Schiller-Gymnasium nach Hause kommt, trifft sie Puschkin im Hausflur. Er trägt einen viel zu großen blauen Trainingsanzug, der aus dem frühen Mittelalter stammen muss, und nagelneue Turnschuhe.

»Beeil dich mit dem Essen«, sagt er. »Und dann: Attacke!«

»Hast du viel Schularbeiten auf?«, fragt Pias Mutter während des Mittagessens. Kann sie nicht mal was anderes fragen?

Pia schüttelt den Kopf. »Ich mache sie, wenn ich zurück bin.«

»Zurück?«

»Opa und ich wollen ein bisschen trainieren. Ich hab es ihm versprochen«, fügt sie hinzu, als sie Mamas erstauntes Gesicht sieht.

»Trainieren?«, fragt Mama. »Der alte Mann will trainieren? Ach, deshalb läuft er im Trainingsanzug rum.«

»Ich passe schon auf ihn auf«, sagt Pia, rennt in ihr Zimmer, zieht sich ihre ältesten Sportsachen an und läuft hinaus auf die Straße, wo Puschkin auf sie wartet.

Nach ein paar Hundert Metern biegt er in einen Kiesweg ein, der auf das Gelände der stillgelegten Brauerei führt.

Hier durfte Pia nie spielen, ihre Eltern haben es ihr streng verboten. »Da treibt sich jede Menge Gesindel herum«, haben sie gesagt. Pia hat nicht genau verstanden, was ›Gesindel‹ bedeutete. Aber das Wort klang schön gefährlich.

Nicht ein einziges Fenster in den Verwaltungsgebäuden ist mehr heil, von den schwarzgrauen Wänden bröckelt der Putz. Auf den Mauern sind Graffitis zu sehen. Irgendjemand hat offenbar erst vor Kurzem ein paar Dutzend Monster hingesprayt, die Farben sind noch nicht verblasst.

Vor einem Gebüsch bleibt Puschkin stehen. Umständlich geht er in die Knie, kriecht bis zum Bauch zwischen die Zweige, zieht einen alten braunen Rucksack heraus und öffnet ihn. Ein chromblitzender kleiner Anker kommt zum Vorschein. Ein dünnes Seil ist an ihm befestigt.

»Das ist ein Wurfanker«, erklärt Puschkin.

»Wo hast du den her?«

»Ich habe die Sachen gestern nach meinem Treffen mit Frau von Waldenfels in dem Sportgeschäft am Bahnhof gekauft. Der Spaß hat mich eine Stange Geld gekostet, eine Stange, jawoll. Außerdem habe ich mir beim Verstecken den Mantel und die Schuhe schmutzig gemacht. Und das, wo deine Mutter Lippenpickel kriegt, wenn sie Dreck sieht.«

»Was sollen wir mit einem Anker?«, fragt Pia. »Ich muss doch in den vierten Stock klettern – nicht segeln!«

Puschkin lacht. »Ohne Wurfanker läuft beim Fassadenklettern gar nichts. Und jetzt: Attacke!«

Er lässt den Anker einige Male in der Senkrechten kreisen und wirft ihn dann mit einer blitzschnellen Bewegung durch eine der dunklen Fensterhöhlen im zweiten Stock.

Eine leichter Zug am Seil – und der Wurfanker landet wieder zu seinen Füßen.

»Geht noch ganz gut, jawoll«, sagt Puschkin zufrieden und reicht Pia den Anker. »Jetzt du!«

»Wenn das alles ist«, sagt sie gelangweilt. Der Anker kreist drei-, viermal – und fliegt zu dem Fenster, das ihr Puschkin gezeigt hat. Mit einem hässlichen Geräusch knallt der Anker weit unterhalb gegen die Fassade und fällt in die Brennnesseln am Fuß des Gebäudes. Pia versucht es ein zweites und ein drittes Mal. Aber sie kommt nicht einmal in die Nähe des Fensters. Wütend zieht sie ihr Sweatshirt aus, dreht den Anker, dass es zischt – und trifft wieder nur die Mauer.

Puschkin grinst. »Wenn das alles ist«, äfft er Pia nach. Dann nimmt er ihr den Anker ab und sagt: »Du brichst die Bewegung ab, sobald der Anker fliegt. Es geht leichter, wenn du ihm mit der Hand in Richtung auf das Ziel folgst. Basketballspieler machen es genauso. Pass auf, ich nehme das Fenster im dritten Stock rechts.«

Und tatsächlich fliegt der Anker schon beim ersten Versuch ins Ziel. »Gelernt ist gelernt, jawoll«, sagt Puschkin.

So ein Angeber, denkt Pia.

Eine halbe Stunde später hat sie noch immer in keines der Fenster getroffen. Aber sie kommt mit jedem Wurf näher heran. Und als Puschkin zum ersten Mal auf seine Armbanduhr blickt, segelt der Anker in das größte Fenster genau in der Mitte der Fassade.

Puschkin klopft ihr anerkennend auf die Schulter. »Prima, mein Mädchen«, sagt er. »Jetzt zieh das Seil straff.«

Pia zieht vorsichtig – im nächsten Augenblick erscheint der Anker auf der Fensterbank und saust nach unten.

»Mist!«, schimpft sie. »Ich lerne es nie!«
»Und ob«, widerspricht Puschkin. »Der Anker kann sich dort oben nur verhaken, wenn du mit einem festen Ruck am Seil ziehst. Versuch's noch mal!«
Diesmal landet der Anker bereits beim zweiten Wurf im Fenster. Pia macht es so, wie ihr Großvater gesagt hat, und das Ding verhakt sich knirschend irgendwo unterhalb der Fensterbank. Das Seil liegt straff in Pias Hand.
»Jetzt könntest du eigentlich raufklettern«, sagt Puschkin, nachdem er die Spannung überprüft hat.
»Da rauf?«, murmelt Pia und muss mal wieder schlucken. »Mit dem dünnen Seil?«
»An das kannst du eine Herde Elefanten hängen«, sagt er. »Wir trainieren morgen weiter. Heute habe ich noch was vor.«
»Mit Gloria Dingsbums?«
Er nickt. »Ich habe ihr eine Hafenrundfahrt versprochen.«
»Darf ich mitkommen?«, fragt Pia. »Bitte, Puschkin!«
Er streicht ihr über die roten Haare. »Ein andermal«, sagt er. »Wenn Gloria und ich uns besser kennen.«
Puschkin stopft Anker und Seil zurück in den Rucksack und versteckt alles im Gebüsch. Dann machen sie sich auf den Heimweg.

Eigentlich hat Pia vor, Puschkin unauffällig zu folgen, wenn er zu seinem Rendezvous geht. Sie würde zu gern beobachten, was er anstellt, um diese Gloria zu küssen oder so was. Aber ihre Mutter macht ihr einen Strich durch die Rechnung.

»Komm sofort her, Pia!«, ruft sie, kaum dass die beiden im Hausflur stehen. Ihre Stimme klingt nach Sturm. Windstärke 8-9. Mindestens.

»Dicke Luft«, flüstert Puschkin und humpelt eilig die Treppe hinauf. »Halt die Ohren steif, mein Mädchen. Und nichts zugeben, hörst du? Alles abstreiten, alles, jawoll!«

»Erstens«, sagt Mama, als Pia zu ihr in die Küche kommt. So fängt sie immer an, wenn sie was zu schimpfen hat.

»Ich hab Hunger«, unterbricht sie Pia. »Darf ich ein Marmeladenbrot essen?«

»Später«, sagt ihre Mutter energisch und baut sich vor Pia auf. »Erstens sollst du deine Schularbeiten machen, bevor du rausgehst.«

»Aber …«, beginnt Pia.

Doch ihre Mutter lässt sie nicht zu Wort kommen. »Zweitens soll sich Opa nicht anstrengen. Das ist nicht gut für sein Herz. Dann wird ihm wieder schwindlig.«

»Und drittens?«, fragt Pia.

»Und drittens seid ihr beobachtet worden«, antwortet ihre Mutter mit finsterem Gesicht.

Au Backe! Das ist schlecht, sehr schlecht sogar. »Wer hat uns denn gesehen?«, fragt Pia vorsichtig.

»Tante Marga.«

Tante Marga! Das passt zu ihr. Seit ihre Tante bei ihnen wohnt, hat sie sie schon mehr als einmal bei ihren Eltern verpfiffen. Als sie auf das frisch geteerte Garagendach geklettert ist zum Beispiel. Oder als sie Max und Moritz, die Zwillinge von gegenüber, mit faulen Äpfeln beschmissen hat. Und jetzt spioniert sie ihr sogar an der alten Brauerei nach!

»Die blöde Kuh!«, knurrt Pia.

»Also wirklich!«

»Ist doch wahr, Mama.«

Die streicht sich die blonden Haare aus dem Gesicht. »Jedenfalls hat Tante Marga gesehen, wie du und dein Opa an der alten Brauerei Fenster eingeworfen habt. Seid ihr denn total verrückt geworden? Außerdem haben wir dir tausendmal verboten, dort hinzugehen.«

Pia lacht. »Was sollen wir gemacht haben?«, ruft sie.

»Ihr habt die Fenster eingeworfen, Kind. Oder willst du das etwa bestreiten?«

»Aber logo!«, ruft Pia. »In den Fenstern sind ja schon ewig keine Scheiben mehr drin!«

»Ach«, sagt ihre Mutter. »Was habt ihr beiden denn dann gemacht? An der alten Brauerei?«

Pia zögert. Was soll sie darauf antworten? Dass sie für einen Einbruch ins Grandhotel trainiert haben? »Wir haben zielen geübt«, antwortet sie schließlich. Irgendwie stimmt das ja auch. Außerdem fällt ihr im Moment nichts Besseres ein.

»Ihr habt was?«

»Zielen geübt. Puschkin hat mir gezeigt, wie man alles treffen kann, was man will. Auch leere Fenster. Er kann das total prima.«

Ihre Mutter denkt nach. »Und wofür soll das gut sein?«, fragt sie dann.

»Na ja«, sagt Pia. »Zielen kann man doch immer gebrauchen. Beim Basketball, beim Luftgewehrschießen, beim Fußballspielen, beim Boxen. Überall!«

Ihrer Mutter ist deutlich anzusehen, dass sie ihr nicht

glaubt. Pia würde sich an Mamas Stelle auch nicht glauben.

»Wenn Puschkin dir irgendwelche Dinge aus seiner Zeit als Verbrecher beibringt«, sagt Mama mit hochgezogenen Augenbrauen, »dann … dann …« Sie zögert. »Dann geht er ins Altersheim«, beendet sie ihren Satz.

»Puschkin ist in Ordnung«, sagt Pia. »Darf ich jetzt Schularbeiten machen?«

»Ich bitte darum.«

Bevor sie sich an den Schreibtisch setzt, schaut Pia noch bei ihrem Opa vorbei. Er steht in roten Boxershorts und blütenweißem Unterhemd im Bad und rasiert sich. Auf dem Bett liegen ausgebreitet seine besten Sachen. Den eleganten braunen Kaschmirmantel kennt Pia noch nicht, der scheint neu zu sein.

»Was war los?«, ruft Puschkin.

»Wir sind gesehen worden!«, ruft sie zurück.

»Autsch!«, macht Puschkin. »Jetzt habe ich mich geschnitten.« Er kommt aus dem Bad und hält sich einen Wattebausch ans Kinn. »Wer hat uns gesehen?«, fragt er.

»Tante Marga. Sie hat Mama erzählt, wir hätten die Fenster eingeschmissen«, antwortet Pia.

Puschkin kichert. »So ein Blödsinn!«

»Jedenfalls müssen wir besser aufpassen, wenn wir trainieren«, sagt Pia. Sie stellt sich auf die Zehenspitzen und gibt Puschkin einen Kuss auf die Backe. »Vergiss mich nicht, wenn du mit deiner Tussi unterwegs bist«, sagt sie.

»Dich? Niemals«, sagt er. Er streicht ihr mit der Hand übers Gesicht. »Deine Backe wird schon wieder. Und das Auge auch.«

»Hoffentlich«, sagt Pia unglücklich. Sie kann ihr Auge inzwischen zwar ein bisschen weiter öffnen, trotzdem sieht es immer noch schlimm aus. Der Lennart grinst bloß blöd, wenn sie ihn auf dem Schulhof anguckt. Dabei hat er sonst ganz lieb zurückgelächelt.

Pia klettert

Am nächsten Mittag setzt sich Pia sofort an ihre Schularbeiten. Mama soll auf keinen Fall Verdacht schöpfen. Puschkin hat Trainingsanzüge und Turnschuhe schon am Morgen, als niemand zu Hause war, zur alten Brauerei gebracht. Nach dem Essen – Mama hat Zucchini-Auflauf mit Tofu-Gulasch gekocht, es hat gar nicht mal so schlecht geschmeckt – hat er sich schnell verabschiedet und dabei etwas von »schönem Wetter« und »unbedingt spazieren gehen« gemurmelt.

Nachdem Pia die Jahreszahlen für den Geschichtstest über Ägypten auswendig gelernt hat, geht sie in die Küche. Ihre Mutter ist nicht da. Dafür macht sich Tante Marga am Kühlschrank zu schaffen. Offenbar hat sie den Nachmittag in der Bank freigenommen. Na warte, denkt Pia. Jetzt bist du dran!

»Hast du schon gehört?«, fragt sie.

Tante Marga schlägt die Kühlschranktür zu und dreht sich um. In der Hand hält sie eine Gewürzgurke und ein angebissenes Stück Wurst. »Was soll ich gehört haben?«, fragt sie unfreundlich.

»Von der Explosion.«

»Von welcher Explosion?«

»An der alten Brauerei hat es heute Morgen gekracht«, antwortet Pia.

Tante Marga schluckt, von einem Augenblick zum anderen ist sie blass geworden.

Sofort setzt Pia nach. »Die Polizei sagt, zum Glück ist niemand auf dem Gelände gewesen. Den hätte es sonst in kleine Stücke zerlegt. Vielleicht hätte man auch gar nichts mehr von ihm gefunden.«

»In k… k… kleine Stücke«, murmelt Tante Marga, drückt sich die Hand auf den Bauch und lässt sich schwer auf einen der Stühle fallen. Ihr Gesicht ist jetzt weiß wie ein frisch gewaschenes Bettlaken.

»Ja, dann tschüss!«, ruft Pia ihr zu und verlässt zufrieden pfeifend die Küche.

Mama setzt im Garten Pflanzen ein. »Ich fahre ein bisschen Rad«, sagt Pia.

»Aber du setzt den Helm auf.«

»Mach ich«, sagt Pia.

Draußen ist es warm. Die Sonne scheint aus einem tiefblauen, wolkenlosen Himmel. Überall riecht es nach frisch gemähtem Gras. Pia ist froh, dass sie nur ihr T-Shirt angezogen hat.

Puschkin wartet schon. Ihm scheint es nicht gut zu gehen, zwischen seinen Augen sitzt eine tiefe Falte, er ist noch blasser als sonst.

Als sie ihm von Tante Marga erzählt, bringt er nur ein gequältes Lächeln zustande. »Geschieht ihr ganz recht«, sagt er.

»Was ist los mit dir?«, ruft Pia, während sie hinter dem Gebüsch ihre Trainingssachen anzieht.

»Mein Rheuma«, stöhnt Puschkin und macht den Rücken krumm. »Die Fahrt mit dem Schiff war Gift für mich.«

Pia zieht den Reißverschluss ihrer Trainingsjacke hoch. »Es gibt eben kein schlimmer Leid, als das der Mensch sich selbst andeit...« Den Spruch hat Puschkin ihr beigebracht.

»Halt bloß die Klappe!«, unterbricht er sie. »Hilf mir lieber.«

Er kriecht in das Gebüsch, sie folgt ihm. Drunter liegen ein paar alte Matratzen, aus zweien quillt die Füllung heraus. Sie schleppen eine nach der anderen zum Verwaltungsgebäude und legen sie unter die Fenster.

»Hast du die selber hergeschleppt?«, fragt Pia.

Er schüttelt den Kopf und schnappt nach Luft. »Das hat ein Kumpel gemacht, den ich von früher kenne.«

»Ein ... ein Tresorknacker?«, fragt Pia neugierig.

»Ein Taschendieb«, antwortet Puschkin. »Der beste, den es je gegeben hat. Je, jawoll. Der hat dir den Gürtel aus der Hose geklaut, ohne dass du was gemerkt hast.«

Pia hat noch eine Frage. Den ganzen Morgen hat sie darüber nachgedacht: »Was ist eigentlich, wenn die Balkontür bei deiner Gloria verschlossen ist? Soll ich die Scheibe von ihrem Fenster einschlagen?«

Puschkin lächelt und holt etwas aus der Hosentasche, das wie ein Messer aussieht. »Der Glasschneider hier macht weniger Krach«, sagt er. »Den nimmst du mit, wenn es so weit ist.«

Dann beginnen die beiden zu trainieren. Mit dem Anker klappt es jetzt schon viel besser. Pia trifft in jedes Fenster, das Puschkin ihr zeigt. Schade, dass niemand aus ihrer Klasse sie sehen kann. Die würden Augen machen, die Blödmänner.

Schließlich bittet Puschkin sie, den Anker in einen der Räume im zweiten Stock zu werfen. Sie tut es. Der Anker scheint bombenfest zu sitzen.

»Kletter rauf!«, kommandiert Puschkin. »In das Fenster im Stockwerk drunter. Und behalte deinen Fahrradhelm auf. Attacke!«

In den ersten Stock? Das ist ja wohl zu schaffen. Pia klammert sich an das Seil und zieht sich mit beiden Händen abwechselnd hoch.

Doch nach dem sechsten Handwechsel ist Schluss. Ihre Hände brennen, ihre Schultern sind steif, der Kopf beginnt zu schmerzen. Und noch fehlt mindestens ein Meter bis zum Fensterbrett.

»Ich kann nicht mehr!«, ruft sie Puschkin zu.

»Dann lass los!«, ruft er. »Lass dich einfach auf die Matratzen fallen!«

»Du machst es dir unnötig schwer. Unnötig, jawoll«, sagt er, nachdem sie wohlbehalten gelandet ist. »Erstens brauchst du die hier.« Er zieht ein Paar alte, dicke Lederhandschuhe aus seiner Jackentasche. Warum hat er ihr die nicht schon vorher gegeben?

»Und zweitens?«

Er setzt sich neben sie auf den Matratzenberg. »Wenn du dich nur mit den Händen hochziehst, schaffst du es nie bis in den vierten Stock. Deine Beine und deine Füße müssen helfen. Lauf die Wand rauf. Wie ein Bergsteiger im Fels. Dann geht es viel leichter.«

Und es klappt tatsächlich. Beim zweiten Versuch stützt

Pia die Füße waagerecht an die Wand und arbeitet sich am Seil Stück für Stück zum ersten Stock hinauf.

»Prima!«, ruft Puschkin, als sie in Höhe des Fensters ist. »Und jetzt schwingen! Die Beine hoch und schwingen!«

Pia befolgt seine Anweisung – und saust im nächsten Augenblick durchs Fenster ins Innere des Gebäudes. Drinnen ist der Boden mit Glasscherben übersät, in einer Ecke des Zimmers steht ein verstaubter Aktenschrank. Neugierig öffnet sie ihn. Er ist leer, natürlich.

»Komm wieder runter!«, hört sie Puschkins Stimme.

Sie lehnt sich über die Fensterbrüstung. »Achtung, ich springe!«, ruft sie.

»Das wirst du nicht tun!«, ruft er zurück. »Aus dem vierten Stock kannst du auch nicht springen. Außerdem liegen dann unten keine Matratzen.«

Also schwingt sich Pia gehorsam am Seil aus dem Fenster und läuft rückwärts die Hauswand hinunter, bis sie wieder auf sicherem Boden steht.

»Jetzt klettere ich in den vierten Stock«, sagt sie mutig.

Er schüttelt den Kopf. »Jetzt verstecken wir unsere Sachen und gehen nach Hause«, sagt er. »Morgen ist auch noch ein Tag. Noch einer, jawoll.«

»Hast du … triffst du wieder deine Gloria?«, fragt Pia.

»Heute nicht«, antwortet er. »Nein, ich muss ins Bett.«

»Wie lange bleibt sie eigentlich im Hotel?«, fragt Pia, als sie nach Hause trotten.

»Zwei Wochen«, antwortet Puschkin. Er bleibt stehen und massiert seine Knie. »Dann fährt sie mit einem Kreuzfahrtschiff in die Karibik.«

»Und du hast den Stein.«

»Du sagst es.«

»Und wenn wir ihn nicht kriegen?«

Puschkin stützt die Hände in die Hüften und stöhnt. »Dann gehe ich mit auf Kreuzfahrt.«

»Wie bitte?«

Er grinst. »Gloria ist eine äußerst charmante Dame, äußerst charmant, jawoll!«

Puschkin mag keine Rosen

In der Nacht wacht Pia auf. Das passiert so gut wie nie, normalerweise schläft sie wie ein Stein. Die Leuchtziffern des Weckers neben ihrem Bett zeigen halb vier, durch die Ritzen der Jalousien fällt das Licht der Straßenlaternen ins Zimmer. Pia will sich gerade wieder umdrehen, um weiterzuschlafen, als sie leise Stimmen aus Puschkins Wohnung hört. Unwillkürlich muss sie grinsen. Hat der alte Schlingel diese Gloria von Dingsbums mitgebracht? Ach, Unsinn. Eine Frau, die in der Präsidentensuite des Grandhotels übernachtet, wird sich bestimmt nicht in Opas Hütte locken lassen. Aber was ist dann da oben los?

Leise steht Pia auf, schlüpft in ihre Puschen und öffnet die Tür zum Flur. Alles ist hell erleuchtet. Außerdem scheint die Haustür offen zu stehen, ein kalter Luftzug lässt Pia frösteln.

In diesem Augenblick geht die Tür von Opas Wohnung auf. Papa kommt heraus. Sein karierter Schlafanzug ist schief zugeknöpft, seine sonst streng gescheitelten Haare stehen ihm wirr um den Kopf. Als er Pia an der Treppe stehen sieht, erschrickt er. »Du bist wach?«, ruft er.

»Was ist los?«, fragt Pia.

Ihr Vater läuft die letzten Stufen der Treppe hinunter, nimmt sie in den Arm und versucht, sie in ihr Zimmer zu schieben. »Leg dich wieder schlafen«, sagt er. »Das ist nichts für dich.«

Pia hat plötzlich das Gefühl, dass ihre Beine sie nicht mehr tragen. Mit beiden Händen klammert sie sich an Papas Arm fest. »Was ist nichts für mich?«, fragt sie mit einer Stimme, die mindestens eine Oktave höher klingt als sonst. »Ist Puschkin … ist Opa …?«

Beruhigend streicht ihr Vater ihr durch die Haare. »Deinem Opa geht's überhaupt nicht gut«, sagt er leise. »Das Herz, weißt du. Wir mussten den Notarzt rufen. Gleich bringen sie ihn ins Krankenhaus.«

Pia atmet tief durch. Für einen Augenblick hat sie befürchtet, Puschkin wäre … nein, sie mag das Wort nicht mal denken. »Ich will zu ihm«, sagt sie und löst sich aus Papas Armen.

Der schüttelt den Kopf. »Besser nicht. Puschkin hat sich sehr verändert.«

»Jetzt hast du Puschkin gesagt, Papa. Zum ersten Mal.«

Von oben ist Lärm zu hören, ein Stuhl fällt um. Im nächsten Moment tritt ein Mann in roter Jacke und roter Hose aus Puschkins Wohnungstür, dahinter erscheint eine Trage, auf der Puschkin liegt, dann ein zweiter Mann in roter Kleidung. Ihnen folgt jemand im Arztkittel mit einer durchsichtigen Flasche in der erhobenen Hand. Ein Schlauch führt von der Flasche zu Puschkins Hand. Vorsichtig tragen die beiden Sanitäter die Bahre die Treppe hinunter. Es scheint sie nicht besonders anzustrengen. Kein Wunder, schließlich ist Opa schon immer ein Fliegengewicht gewesen.

»Bitte, leg dich hin«, flüstert Papa Pia ins Ohr. »Das musst du wirklich nicht sehen.«

Doch Pia beachtet ihn nicht. Stattdessen geht sie auf die Sanitäter zu und sagt energisch: »Warten Sie!« Die beiden Männer gehorchen und stellen die Trage vor ihr ab.

Puschkin sieht aus, als sei er in ein paar Stunden um zwanzig Jahre gealtert. Seine schmalen Lippen sind von einem blassen Blau, der Mund wirkt eingefallen, offenbar haben sie ihm das Gebiss herausgenommen. Seine kalkweißen Hände liegen schlaff auf seinem Bauch. Der Schlafanzug ist über der Brust geöffnet, zwei kreisrunde rote Stellen sind auf der Haut zu sehen. Opa hat die Augen geschlossen, seine Lider sind wie aus Pergamentpapier. Es ist eindeutig Puschkin – und irgendwie ist er es auch nicht.

»Opa!«, sagt sie.

Er reagiert nicht.

»Puschkin!!«

»Er hört dich nicht«, sagt der Arzt. »Ich habe ihm eine Spritze gegeben.«

Pia kniet sich hin und streicht Puschkin über die Backe. Die Haut fühlt sich glatt an. Seit er diese Frau aus dem Grandhotel kennt, rasiert er sich öfter. Warum ist er bloß auf die Idee mit dem Smaragd gekommen? Die Treffen mit der Tussi und das Training an der alten Brauerei waren eindeutig zu viel für ihn. Sie ist schuld, dass sein Herz nicht mehr will, sie hätte ihn stoppen müssen!

»Wird er … wird er wieder gesund?«, fragt sie den Doktor.

»Du magst deinen Opa sehr, stimmt's?«, sagt der, während die Sanitäter die Trage hochnehmen.

Pia nickt, ein dicker Kloß sitzt ihr im Hals. Der Flur verschwimmt vor ihren Augen.

»Wir werden sehen, was wir für ihn tun können«, sagt der Arzt und folgt zusammen mit Papa den beiden Sanitätern die Treppe hinunter ins Erdgeschoss.

»Er war mal Boxer!«, ruft Pia hinter ihnen her.

Dann schließt sich die Haustür, draußen springt ein Motor an und das Martinshorn beginnt zu tuten. Als Pia sich aus ihrer Erstarrung löst und aus dem Haus rennt, verschwindet der Krankenwagen gerade um die nächste Straßenecke.

In diesem Moment legen sich zwei Hände von hinten um Pias Schultern. Es ist Mama. »Du erkältest dich«, sagt sie. »Lass uns reingehen, Kind.«

Im Wohnzimmer wartet Tante Marga auf sie. Sie hat sich ihren viel zu engen, geblümten Bademantel übergeworfen und ist ungeschminkt. In der Hand hält sie ein Glas Milch. »Für dich, Pia«, sagt sie.

Die schüttelt den Kopf. »Ist Puschkin sehr krank?«, fragt sie ihre Mutter.

»Ja. Sein Herz hatte schon aufgehört zu schlagen.«

Pia setzt sich in einen der Sessel. Noch nie sind ihre Beine so wacklig gewesen.

»Sie haben ihn mit Elektroschocks zurückgeholt«, fährt ihre Mutter fort.

»Zum Glück«, sagt Tante Marga.

»Hat er deshalb die roten Flecken auf der Brust?«, fragt Pia.

Mama nickt.

»Er wird doch wieder gesund?«, fragt Pia weiter.

»Klar«, sagt Tante Marga.

»Natürlich«, sagt Mama.

Dass Erwachsene immer glauben, sie könnten Kindern was vormachen, geht es Pia durch den Kopf. Opa ist schwer krank. Um das zu wissen, muss man kein Arzt sein. Wie er vorhin auf der Trage lag, hat es ausgesehen, als ob er sich schon verabschiedet hätte. Vom Leben. Von ihr. Von allem. Wenn kein Wunder geschieht, wird er das auch tun. Sehr bald. Da ist sich Pia sicher.

Mama schließt sie in die Arme. »Versuch zu schlafen. Wenn du morgen früh zu müde bist, brauchst du nicht in die Schule. Einverstanden?«

»Wir müssen alle mal sterben«, sagt Tante Marga und stürzt die Milch in einem Zug hinunter. »Dein Opa hat ein ausgefülltes Leben gehabt, glaub mir. Manche Leute werden neunzig und haben nicht die Hälfte erlebt.«

Pia schweigt. Was soll sie zu diesem Unsinn sagen? Dass sie Puschkin braucht? Dass er noch lange nicht genug vom Leben hat? Dass es ihm gerade in den letzten Tagen so gut gegangen ist wie ewig nicht mehr? Dass er einfach nicht sterben darf? Tante Marga braucht das alles nicht zu wissen. Sie ist eine falsche Schlange und wartet unter Garantie nur darauf, aus dem Souterrain hinauf in seine Wohnung ziehen zu können.

Als Pia wieder in ihrem Bett liegt, beginnt es draußen, hell zu werden. Die ersten Vögel sind zu hören, ein Wagen der Stadtreinigung klappert durch die Straße. Pia geht zum Fenster, zieht die Jalousien hoch und schaut hinaus. Das niedrige Kapitänshaus gegenüber, in dem Max und Moritz wohnen, ist erleuchtet, wahrscheinlich sind sie dort vom

Lärm des Rettungswagens wach geworden. Die haben es gut, die müssen keine Angst um einen Opa haben, dessen Herz nicht weiß, ob es schlagen soll oder nicht.

Pia friert. Es kommt ihr vor, als stecke sie bis zum Hals in einem See, der sich nach und nach in Eis verwandelt. Um nicht zu erfrieren, zieht sie sich ihren dicksten Winterpullover an und die warmen Wollsocken und hockt sich aufs Fensterbrett.

Bevor Papa nicht nach Hause gekommen ist, wird sie sowieso nicht schlafen können.

Eine Stunde später, inzwischen hat sich der Mond in eine blasse Frisbeescheibe verwandelt und am Himmel ist ein mattes Blau zu erkennen, hält ein Taxi vor dem Haus. Sofort springt Pia vom Fensterbrett und rennt zur Haustür.

»Du schläfst nicht?«, wird sie von ihrem Vater begrüßt.

»Was ist mit Puschkin?«, fragt Pia.

»Wir müssen Geduld haben, sagen die Ärzte. Heute Morgen werden sie ihn erst mal gründlich untersuchen.«

»Hast du mit ihm gesprochen?«, fragt Pia weiter.

Papa nickt. »Ich soll dich grüßen. Mehr hat er nicht gesagt. Bloß, dass ich dich grüßen soll.«

Zurück in ihrem Zimmer zieht Pia den Pullover und die Socken aus. Die Kälte, die ihr gerade noch die Luft abgeschnürt hat, ist mit einem Mal verschwunden.

Es geht schon auf Mittag zu, als Pia aufwacht. Offenbar hat Mama den Wecker abgestellt und sie ausschlafen lassen. Ist auch besser so, nach der schrecklichen Nacht hätte sie in der Schule bestimmt nichts mitgekriegt. Pia geht ins Bad und wäscht sich. Sonst ist es hier immer ziemlich ordentlich – wie im ganzen Haus. Jetzt liegt alles kreuz und quer durcheinander. Offenbar hat sich niemand die Mühe gemacht aufzuräumen.

In Puschkins Wohnung sieht es besser aus. Das Bett ist gemacht, der Tisch abgeräumt. Auf dem Nachtschränkchen liegt ein Prospekt. »Kreuzfahrten für Junggebliebene« steht drauf. Ob er den gerade gelesen hat, als sein Herz aussetzte? Pia holt eines der geheimnisvollen Schlösser aus der untersten Schublade der Kommode, hockt sich aufs Bett und versucht, den Schließmechanismus zu knacken. Was ihr sonst so leichtgefallen ist, funktioniert heute nicht. Komisch, wie leblos Puschkins Wohnung plötzlich wirkt. Außerdem riecht es anders – nach Krankenhaus und Putzmitteln.

Auf ihrer Wanderung durchs Haus findet Pia ihre Mutter in der Küche. Mama bereitet irgendwas mit Auberginen vor.

»Eigentlich hätte ich jetzt Mathe«, sagt Pia.

»Willst du noch frühstücken oder gleich zu Mittag essen?«, fragt Mama.

»Ich möchte Puschkin besuchen«, sagt Pia. »Sofort!«

Mama wischt ihre Hände ab. »Dein Großvater hatte den ganzen Morgen Untersuchungen«, sagt sie. »Es reicht, wenn wir am frühen Nachmittag zu ihm fahren. Einverstanden?«

Pia nickt. Es fällt ihr schwer, aber vielleicht ist es besser so. »Kann ich Müsli essen?«, fragt sie.

»Und die Auberginen?«

»Mag ich nicht.«

»Aber Pia! Sie sind …«

»… so gesund«, beendet sie Mamas Satz.

Zwei Stunden später betreten sie das Hafenkrankenhaus. Unterwegs haben sie Blumen gekauft, gelbe Rosen. Mama sagt an der Pforte ihren Namen und fragt nach der Intensivstation.

»Ihr Schwiegervater ist auf die Innere verlegt worden«, erklärt die Frau hinter der Scheibe. »Wir hatten gerade einen schweren Arbeitsunfall in der Werft und brauchen jedes Bett auf der Intensivstation. Fahren Sie bitte in den sechsten Stock. Und dann rechts den Gang entlang.«

Puschkin liegt mit einem anderen älteren Mann in einem Zweibettzimmer. Über ihm hängen Infusionsflaschen, auf einem Wagen steht ein Monitor. Opas Augen sind geöffnet, er hebt die Hand, als sie auf sein Bett zukommen.

»Hallo, Kleine«, sagt er leise.

»Hallo, Puschkin. Wir haben dir Blumen mitgebracht.«

»Danke«, flüstert er. »Viola, lass dir von der Schwester eine Vase geben, ja?«

Kaum ist ihre Mutter aus der Tür, winkt Puschkin Pia zu sich heran.

»Frau von Waldenfels braucht nicht zu wissen, dass ich hier liege«, sagt er.

»Und der Stein?«, fragt Pia.

Ihr Großvater winkt ab. »Der nützt mir nichts mehr, mein Mädchen. Ich bin alt und das Ding da« – er klopft auf seine Brust – »das Ding da hat genug. Letzte Nacht war es fast so weit. Fast, jawoll.« Er bricht ab. »Schade, mein Plan war gar nicht schlecht.«

Pia stützt die Hände in die Hüften. »Du kommst hier wieder raus«, sagt sie energisch. »Und dann holen wir uns den Smaragd. Und dann wirst du hundertfünfzig Jahre alt.«

Er schüttelt traurig den Kopf.

»Und dann hast du kein Rheuma mehr und keine Schwindelanfälle.«

Wieder schüttelt er den Kopf.

»Mensch, Puschkin, reiß dich zusammen! Du warst mal Boxer!«, ruft Pia.

In diesem Moment geht die Tür auf und Mama kommt mit einer Vase in der Hand zurück. Sie stellt die Rosen hinein und sagt: »Die Stationsschwester möchte, dass wir wieder gehen. Es wird sonst zu viel für dich, Vater.«

»Ja, ja«, sagt Puschkin und gibt Pia zum Abschied einen Kuss. »Ich mag keine Rosen«, flüstert er ihr ins Ohr. »Ich habe sie noch nie gemocht. Nie, jawoll. Und gelbe schon gar nicht.«

»Ich hab dich lieb«, sagt Pia leise.

»Was habt ihr die ganze Zeit zu flüstern gehabt?«, fragt Mama auf der Fahrt nach Hause.

»Puschkin mag keine Rosen«, antwortet Pia.

Ihre Mutter verzieht das Gesicht. »Der alte Mann ist nie zufrieden«, murmelt sie.

Bis sie im Kirchweg ankommen, schweigen sie. So hat Pia ausreichend Zeit nachzudenken. Als sie schließlich vor dem Haus Nr. 27 anhalten, steht ihr Entschluss fest: Wenn Puschkin nicht mehr mitmachen kann, muss sie den Stein eben allein holen. Und zwar schnell! Normalerweise glaubt sie ja nicht an geheimnisvolle Mächte und solchen Kram. Normalerweise können ihr Bücher über Hexen, Zauberer, mächtige Ringe und fliegende Besen gestohlen bleiben. Aber jetzt ist es was anderes. Jetzt ist sie die Einzige, die

Puschkin helfen kann. Doch sie wird es nicht allein schaffen, sie braucht jemanden, der ihr hilft. Und sie weiß auch schon, wer das ist.

Zu Hause hängt sie sich sofort ans Telefon und ruft Johannes an. Seit dem ersten Jahr in der Grundschule geht sie mit ihm in eine Klasse. Und seitdem ist er in sie verliebt. In seinem allerersten Briefchen hat gestanden: »Du hasst so schöhne Hahre!« Dem sind viele weitere – irgendwann fehlerfreie – Briefchen gefolgt. Inzwischen ist Johannes außer in Sport in allen Fächern der Beste in der Klasse und noch immer bekommt sie jeden zweiten Tag einen Liebesbrief von ihm.

Ihr geht das ziemlich auf den Wecker. Wenn Johannes wenigstens gut aussähe! Aber er ist lang und dünn, trägt die blonden Haare bis über die Ohren, hat eine unmögliche bunte Brille und einen schiefen Eckzahn.

Doch sonst ist Johannes in Ordnung, man kann sich total auf ihn verlassen. Er bildet sich auch nichts auf seine Noten ein, lässt bei Klassenarbeiten abschreiben und bringt an seinem Geburtstag immer einen riesigen Schokoladenkuchen mit in die Schule.

Nach dreimaligem Klingeln meldet sich Johannes. Er ist so überrascht, dass er stottert. Pia fragt ihn nach den Hausaufgaben und erklärt dann, dass sie ihn sehen müsse.

»So-so-sofort?«, stottert Johannes.

»Ja.«

»Gu-gu-gut«, stottert Johannes.

»An der alten Brauerei.«

»I-i-in Ordnung«, stottert Johannes.

Fast gleichzeitig treffen sie auf dem Gelände der stillgelegten Brauerei ein. Nachdem Pia von Puschkins Erkrankung und dem Edelstein erzählt hat, sagt Johannes: »Wenn ich dich richtig verstehe, soll ich dir helfen, den Smaragd zu klauen.«

Pia nickt. »Es ist Notwehr«, sagt sie.

»Es ist Diebstahl«, sagt Johannes. »Außerdem glaube ich nicht an Wundersteine.«

»Ich eigentlich auch nicht. Aber mein Opa braucht Hilfe, sonst kommt er nicht mehr aus dem Krankenhaus raus. Bitte, Johannes, ohne dich schaffe ich es nicht!«

Er zieht die Stirn in Falten und reibt sich die Nase. Als Pia schon nicht mehr damit rechnet, sagt er: »In Ordnung. Du hast mich überredet.«

Am liebsten würde sie ihm jetzt einen Kuss gegeben. Doch dann lässt sie es lieber bleiben. Kann sein, dass Johannes das falsch verstehen würde.

Im Laufe des Nachmittags stellt sich heraus, dass Johannes zum Klettern überhaupt nicht zu gebrauchen ist.

Bis zum ersten Stock geht alles gut, danach wird ihm schwindlig – ganz gleich, ob er nach oben oder nach unten guckt.

Dafür ist er ein äußerst geschickter Werfer. Im Gegensatz zu Pia lernt er, mit dem Anker umzugehen, und platziert ihn in jedes Fenster, das sie ihm zeigt. Bis hinauf in den sechsten Stock!

»Woher kannst du das?«, fragt sie verwundert.

Er zuckt die Schultern. »Keine Ahnung«, sagt er und lässt den Anker kreisen. »Vielleicht sollte ich Hammerwerfer werden.«

Hammerwerfer? Pia grinst. Johannes sieht eher wie ein Marathonläufer aus.

Bis zum Abend klettert Pia ein Dutzend Mal in den dritten Stock. Irgendwann rennt sie fast die Fassade hinauf, die Matratzen unter dem Fenster geben ihr Sicherheit. Am nächsten Tag wird sie sich am vierten Stock versuchen. Und wenn sie den im Griff hat, kann sie den Aufstieg zur Präsidentensuite wagen.

»Danke, Johannes«, sagt sie zum Abschied.

»Schon gut«, sagt er. »Du weißt doch, dass ich dich …«

»Ja, ja!«, unterbricht ihn Pia und rast auf ihrem Fahrrad davon. Eine Liebeserklärung hat ihr gerade noch gefehlt!

Zu Hause warten sie schon mit dem Essen auf sie.

»Wo bist du gewesen?«, fragt Papa.

»Fahrrad fahren.«

»Tante Marga hat sich über dich beschwert«, fährt er fort. »Sie sagt, du bist frech und lügst.«

»Stimmt ja gar nicht!«

»Sie hat bei der Polizei nachgefragt. Es hat an der alten Brauerei überhaupt keine Explosion gegeben. Was hast du ihr da bloß für einen Unsinn erzählt? Deine Tante hat sich zu Tode erschreckt!«

Pia lacht. »War doch nur Spaß, Papa.«

Aber ihr Vater lacht nicht mit. »In Zukunft unterlässt du bitte solche Scherze, ja?«

»Ja, ja. Wie geht's Puschkin?«

Die Untersuchungen seien noch nicht abgeschlossen, erzählt Papa. Opa schlafe viel. Die Ärzte sagen, er habe Glück gehabt. Wenn der Notarzt nicht so schnell da gewesen wäre, wäre es mit ziemlicher Sicherheit zu spät gewesen.

»Wer hat ihn eigentlich gefunden?«, will Pia wissen.

»Tante Marga«, antwortet Papa. »Sie hat gehört, wie er aus dem Bett gefallen ist.«

»Aber sie wohnt doch im Keller«, sagt Pia verwundert.

»Im Souterrain«, korrigiert sie ihr Vater. »Marga hat schon immer einen leichten Schlaf gehabt.«

Pia hat einen Verdacht

Pias erster Gedanke nach dem Aufwachen gilt natürlich Puschkin. Sie sieht ihn deutlich vor sich: den eingefallenen Mund, die fahle Haut, die Augen, deren Pupillen wie mit einem Film überzogen sind, die knochigen Hände auf der Bettdecke. Selbst wenn ihm der Stein am Ende nicht hilft – sie muss es einfach versuchen. Das ist sie ihrem Opa schuldig.

Während sie im Badezimmer steht und sich wäscht, rutscht ihr auf einmal das Herz in die Hose. Aber jetzt liegt es nicht an Puschkin; vor lauter Angst um ihren Großvater hat sie völlig vergessen, dass sie an diesem Morgen die letzte Mathearbeit vor den Ferien schreiben! Während der vergangenen Wochen haben sie Geometrie durchgenommen. In Geometrie ist Pia nicht schlecht, jedenfalls hat sie das meiste verstanden. Trotzdem hätte sie für die Arbeit üben müssen.

Als ihre Mathelehrerin, Frau Berghaus, die Hefte austeilt, blickt Pia sich Hilfe suchend zu Johannes um. Der macht eine beruhigende Handbewegung und tippt auf den kleinen Zettel vor sich auf dem Tisch. Einen Augenblick später wandert das zusammengefaltete Stück Papier auf dem üblichen Weg zu ihr. Julia und Friederike kichern blöd, aber das tun sie immer, wenn sie Post weitergeben müssen.

»Du schaffst das schon!«, steht in großen Buchstaben in dem Briefchen. Und: »Ich mag deine Haare!!«

Pia seufzt. Wenigstens einer, der ihre Pippi-Langstrumpf-Haare mag. Obwohl ihr das bei der Mathearbeit auch nicht weiterhilft.

Eine Stunde später gibt Pia ab. Es ist gut gelaufen, viel besser, als sie gedacht hat. Von vier Aufgaben hat sie mindestens drei richtig. Wenn sie Glück hat, schafft sie vielleicht sogar eine Zwei. Und dann bekommt sie doch noch ein Befriedigend ins Zeugnis.

Johannes hat eine Viertelstunde vor ihr abgegeben und wartet in einer Ecke des Schulhofs auf sie. Wie es gelaufen sei, will er wissen.

»Super. Und bei dir?«

»Keine Probleme«, antwortet Johannes.

»Du sollst mir keine Briefchen schreiben«, sagt Pia und guckt dabei woanders hin. »Briefchen sind blöd!«

Für einen Augenblick schweigt Johannes. Dann sagt er: »In Ordnung, ich höre damit auf.«

»Du?«, sagt Pia.

»Ja?«

»Findest du, mein Auge sieht noch sehr schlimm aus?«

Johannes schüttelt den Kopf.

»Und meine Haare?«, fragt sie weiter. »Magst du die wirklich?« Auch bei der Frage schaut sie ihn nicht an, sie kann einfach nicht.

»Niemand hat so tolle Haare wie du«, antwortet er und blickt dabei zwei weißen Wölkchen nach, die gerade über das Schuldach segeln. »Und wer das Gegenteil behauptet, kriegt von mir eins in die Fr…«

»Na, na«, unterbricht ihn Pia. »Lass das bloß nicht Alex hören. Der frisst dich zum Frühstück!«

An diesem Tag lässt sich Pia auf dem Nachhauseweg Zeit. In ihrem Kopf geht es wild durcheinander, sie muss das alles erst mal sortieren. Hat sie gerade mit Johannes geflirtet oder was ist das vorhin gewesen? Bisher hat sie immer davon geträumt, es mit Lennart zu tun – auf einem Schulball oder so. Und jetzt ist da was zwischen ihr und einem Jungen, der nun wirklich alles andere als ihr Typ ist. Fängt das immer so an, dass man sich beim Reden nicht ansehen kann? Komisch … Sie befühlt ihren Bauch. Kein Kribbeln zu spüren. Sie legt die Hand auf ihr Herz – es schlägt völlig normal. Verliebt scheint sie also nicht zu sein. Na, Gott sei Dank. Schließlich gibt es im Augenblick Wichtigeres zu tun, als mit Jungs rumzuschnulzen.

Während Pia angestrengt nachdenkt, hat sie nicht darauf geachtet, wo sie hingelaufen ist. An den Ampeln ist sie automatisch stehen geblieben und genauso automatisch weitergegangen, wenn es Grün wurde. Jetzt blickt sie um sich – und bleibt überrascht stehen. Statt nach Hause ist sie genau in die entgegengesetzte Richtung gegangen und steht nun vor dem Grandhotel. Ausgerechnet! Der baumlange, freundliche Portier ist nicht zu sehen. An seiner Stelle geht ein kleiner, dicker Mann in Uniform gemessenen Schrittes auf und ab. Links vom Eingang parkt der Lieferwagen einer Weinhandlung, rechts ein großer silberner Mercedes, in dem zwei Männer sitzen und rauchen.

Pia schaut auf ihre Armbanduhr. Viertel vor eins. Wenn sie sich beeilt, kommt sie noch pünktlich zum Mittagessen. Aber etwas hält sie zurück, sie könnte nicht sagen, was. Vielleicht liegt es daran, dass die beiden Männer so unbeweglich in ihrem Auto sitzen, vielleicht daran, dass sie dunkle Brillen tragen, vielleicht ist es noch was anderes. Jedenfalls versteckt sich Pia hinter einer Plakatwand gegenüber dem Hoteleingang und wartet.

Es dauert nicht einmal fünf Minuten, da wird der Portier zu einem Taxi gerufen. Eine Frau im Nerzmantel steigt aus. Mit ihrer Hochfrisur und dem stark geschminkten Gesicht könnte sie glatt die jüngere Schwester dieser Gloria von Dingsbums sein. Der Taxifahrer, ein Mann mit gewaltigem Bauch und gewaltigem Bart, öffnet den Kofferraum und wuchtet ein halbes Dutzend Koffer und Taschen auf die gepflasterte Auffahrt. Der Portier belädt sich mit allem, was er greifen kann, und folgt der Dame im Nerz zur Rezeption.

Jetzt kommt auf einmal Leben in die beiden Männer im Mercedes. Sie werfen ihre brennenden Zigaretten aus dem Fenster und steigen aus. Dann öffnen sie die Fondtüren, fördern zwei große Rucksäcke zutage und gehen, sich immer wieder umblickend, mit schnellen Schritten durch einen Seiteneingang in den Hotelpark. Höchstens zwei Minuten später sind sie zurück. Sie steigen in ihren Wagen, zünden sich neue Zigaretten an und fahren davon.

Als Pia Johannes am Nachmittag an der alten Brauerei von dem Vorfall erzählt, kann der ihre Aufregung überhaupt nicht verstehen. »Das waren Hotelgäste«, sagt er. »Die haben einfach nur ihr Gepäck in ihr Zimmer gebracht.«

»Und warum sind sie dann nicht durch den Haupteingang rein?«

»Vielleicht war es hintenrum kürzer.«

»Und wieso haben sie gewartet, bis der Portier durch die Frau mit dem Pelz abgelenkt war?«

»Vielleicht haben sie gar nicht gewartet«, überlegt Johannes. »Vielleicht wollten sie bloß ihre Zigaretten zu Ende rauchen.«

Aber Pia gibt sich noch nicht geschlagen. Immerhin hat sie den ganzen Mittag über an kaum was anderes denken können. Sogar Puschkin hat sie dabei fast vergessen. »Sie trugen dunkle Brillen«, sagt sie.

Johannes lacht. »Na und? Wenn die Sonne scheint, tragen manche Leute Sonnenbrillen.«

»Die Sonne hat nicht geschienen«, sagt Pia.

»Dann fanden sie es eben cool, mit den Dingern rumzulaufen«, sagt Johannes. »Das soll es geben. Wie geht's deinem Opa?«

»Nicht besonders«, antwortet Pia, der es gar nicht passt, dass Johannes von den beiden Männern ablenkt. »Es wird Zeit, dass wir ihm den Smaragd beschaffen.« Sie fasst Johannes am Ärmel. »Und wenn die beiden genau wie wir hinter dem Stein her sind?«, flüstert sie, obwohl weit und breit kein Mensch zu sehen ist.

Wieder lacht Johannes. »Du siehst Gespenster, Pia.«

»Tue ich nicht!«, ruft sie wütend. »Mit den beiden stimmt was nicht!«

Johannes schiebt die Brille hoch, die ihm auf die Nase gerutscht ist. »Was schlägst du vor?«, fragt er.

»Wir müssen den Park hinterm Hotel absuchen«, antwortet sie. »Noch heute! Vielleicht finden wir die Rucksäcke. Dann wissen wir, ob uns die beiden in die Quere kommen können. Bis wann darfst du draußen bleiben?«

»So lange ich will«, antwortet Johannes. Pia fällt vor Überraschung die Kinnlade herunter. »So lange du willst?«, fragt sie erstaunt.

Er nickt. »Meine Mutter hilft diese Woche meiner Oma beim Umzug ins Altersheim und mein Vater hat Nachtdienst im Krankenhaus. Was ist mit dir?«

Pia fährt sich durch die Haare. »Ich muss spätestens um sieben drinnen sein«, murmelt sie. Mann, ist ihr das peinlich! Im Vergleich zu Johannes behandeln ihre Eltern sie wie ein Kleinkind. Es wird Zeit, dass sie mal ein ernstes Wörtchen mit ihnen redet.

»Um sieben ist es noch nicht dunkel«, sagt Johannes. Er denkt einen Moment nach. »In Ordnung, ich mache es. Sobald es anfängt zu dämmern, gehe ich in den Park. Wenn ich was finde, rufe ich dich an.«

Als Pia drei Stunden später mit schmerzenden Muskeln und Blasen an den Händen nach Hause kommt, herrscht dort eine gedrückte Stimmung. Puschkin gehe es schlechter, erfährt sie von Papa, der mit einem Glas Whisky vor dem Fernseher hockt. Er trinkt sonst nie Whisky und schaut, wenn überhaupt, nur Fußball. Sie kann sich nicht erinnern, ihn jemals vor »Verbotene Liebe« oder »Marienhof« sitzen gesehen zu haben. Opa habe wieder einen schweren Herzanfall gehabt, erzählt er, ohne seinen Blick vom Fernseher zu wenden. Die Ärzte hätten ihn zurück auf die Intensivstation verlegt und in ein künstliches Koma versetzt.

Was das denn sei, fragt Pia.

Es sei wie ein langer Schlaf, antwortet ihr Vater. Opa kriege nicht mit, was um ihn herum vorgehe. Damit wollten die Ärzte verhindern, dass er sich aufregt. Jede Aufregung sei Gift für ihn.

Er will noch etwas sagen, da rennt Pia schon die Treppe hinauf in ihr Zimmer. Dort wirft sie sich aufs Bett und presst ihr Gesicht ins Kissen. Das kann alles nicht wahr sein, das ist wie ein böser Traum. Puschkin ist es doch schon wieder besser gegangen! Er hat doch sogar schon wieder Witze gemacht! Wenn er nun aus diesem künstlichen Dings nicht mehr aufwacht? Dann wird ihr keiner mehr Geschichten erzählen, Boxtricks beibringen und sie schwierige Schlösser knacken lassen. Dann wird ihr niemand mehr gegen Einstein und Tante Marga helfen. Dann wird es verdammt trostlos werden.

Komisch, wie sich plötzlich alle Sorgen um Opa machen. Ob sie ihn doch mögen? Irgendwie? Obwohl er früher ein Gangster war? Obwohl er sie mit seinen Launen so oft terrorisiert hat? Am liebsten würde sie auf der Stelle zu Gloria von Waldenfels fahren, ihr von Puschkins Herzproblemen erzählen und sie bitten, ihr den Stein zu geben. Aber das kann sie vergessen. Niemand verschenkt einen solch kostbaren Edelstein. Selbst wenn diese Gloria in Puschkin verliebt ist, wird sie es nicht tun. Die Frau will ja selbst gesund bleiben und lange leben. Also gibt es keine andere Wahl, als den Smaragd zu stehlen. Das ist zwar kriminell, doch das ist ihr jetzt egal. Hoffentlich kommen ihr die beiden Männer nicht zuvor!

Beim Abendessen sagt niemand was, nur das Klappern

der Bestecke und Papas Schlürfen sind zu hören. Pia hat ihm schon oft gesagt, wie eklig sie das findet. Aber offenbar kann er es sich einfach nicht abgewöhnen.

Endlich bricht Tante Marga das Schweigen. »Haben wir eigentlich eine Grabstelle für Vater?«, will sie wissen.

Papa fällt vor Schreck eine Kartoffel aus dem Mund, Pia zuckt zusammen, als habe sie ein Stromschlag getroffen.

»Marga!«, ruft Papa entrüstet. »Das müssen wir doch wohl nicht vor dem Kind diskutieren!«

»Warum denn nicht?«, fragt Tante Marga unschuldig. »Der Tod gehört nun mal zum Leben, damit sollen sich Kinder ruhig schon früh vertraut machen. Das habe ich neulich beim Zahnarzt in einer Illustrierten gelesen. Was ist nun: Haben wir eine Grabstelle oder nicht?«

Papa wischt sich die Reste des Auflaufs aus den Mundwinkeln und zuckt die Achseln. »Wir haben uns nie darum gekümmert«, beginnt er. »Es ist zu dumm. Gleich morgen werde ich …«

Jetzt platzt Pia der Kragen. »Gleich morgen wirst du gar nichts!«, schreit sie und springt auf, dass ihr Stuhl mit voller Wucht gegen den Küchenschrank kracht. »Puschkin stirbt nicht! Dafür werde ich sorgen!«

Tante Marga verzieht ihr Gesicht. »Was du alles kannst, Kind!«, sagt sie.

Einstein grinst ebenfalls. »Und wann läufst du übers Wasser, Schwesterchen?«

»Lasst sie in Ruhe«, sagt Mama. »Bitte!«

Aber Mama braucht Pia nicht zu verteidigen, das kann sie ganz gut allein. Wütend blitzt sie Einstein und Tante Marga an. »Ihr seid ja so blöd. Böse und blöd!«

Damit rennt sie aus der Küche. Wenn Puschkin stirbt, wird sie abhauen. Lieber in einem Müllcontainer wohnen als in dieser schrecklichen Familie bleiben.

Sie ist kaum in ihrem Zimmer, da klingelt das Telefon. Sofort läuft sie hinunter in die Diele, reißt den Hörer an sich, ehe Einstein ihr zuvorkommen kann, und flitzt zurück in den ersten Stock.

Es ist Johannes. Aber er ist so aufgeregt, dass er wieder mal stottert.

»Du-du-du-du hast recht gehabt, Pi-pi-pia«, sagt er.

»Pi-pi-pia« hört sich ziemlich dämlich an, aber Pia beschließt, es in diesem Fall durchgehen zu lassen.

»Da-da-da-das sind wi-wi-wirklich zwei Fass-ass-assa…« »Fassadenkletterer«, sagt Pia. »Langsam, langsam. Nur die Ruhe, Johannes.«

Eine Weile ist nichts außer seinen lauten Atemzügen zu hören. Dann erzählt er, ohne ein einziges Mal zu stottern, dass er die beiden Rucksäcke in einem Rhododendronbusch gefunden hat. In dem einen habe ein Wurfanker gesteckt. »Der sah schon ziemlich abgewetzt aus, Pia. Als ob er schon tausendmal benutzt worden wäre.« In dem anderen habe er zwei Paar Freeclimber-Schuhe, ein neues Seil wie das von Puschkin und zwei schwarze Trainingsanzüge gefunden.

»Ich hab's gewusst«, sagt Pia triumphierend. »Bist du beobachtet worden?«

»Ich glaube nicht«, antwortet Johannes.

»Und die beiden Männer?«

»Keine Spur von ihnen. Wie geht's deinem Opa?«

»Schlecht. Er hat einen neuen Herzanfall gehabt.«

Eine Weile sagt keiner was. In Pias Kopf arbeitet es fieberhaft. Die Entdeckung, dass sie nicht allein hinter dem Stein her sind, lässt ihr keine Zeit zum gründlichen Nachdenken.

»Was ist, wenn die beiden heute Nacht ins Hotel einsteigen?«, fragt Johannes.

»Du musst Wache halten«, sagt Pia. Etwas Besseres fällt ihr im Moment nicht ein. »Zur Not bis morgen früh.«

»Na, dann Prost Mahlzeit«, sagt Johannes. »Und was ist, wenn sie in den Park kommen?«

»Dann machst du Lärm, damit sie wieder verschwinden«, antwortet Pia.

»Puh«, seufzt Johannes.

»Bist du nun dabei oder nicht?«, fragt Pia.

»Natürlich bin ich dabei. Ich lasse dich doch nicht im Stich!«

Pia geht aufs Ganze

In der nächsten Nacht schläft Pia so fest, dass sie am Morgen erst unter der eiskalten Dusche richtig wach wird. Dabei hat sie zuerst nicht einschlafen können, weil sie immer an Puschkin hat denken müssen.

Als sie hinunter in die Küche kommt, sitzen nur noch Einstein und Mama beim Frühstück. Wie es Puschkin gehe, will Pia wissen, nachdem sie Schokopops und Milch in ihre Müslischale geschüttet hat.

Er habe die Nacht überstanden, antwortet ihre Mutter, während Einstein seine Butterbrote einpackt und wortlos verschwindet. Aber sein Zustand sei nach wie vor kritisch, fährt Mama fort. »Wann kann ich ihn besuchen?«, fragt Pia. »Wenn du magst, fahren wir heute Nachmittag hin.« An den Blättern der Japanischen Kirsche vor dem Haus hängen dicke Tropfen, der Bürgersteig ist übersät mit Pfützen und kleinen Ästen, die Straße glänzt vor Nässe. Offenbar hat es in der Nacht nicht nur geregnet, sondern auch noch kräftig gestürmt. Und der arme Johannes hat bei dem Unwetter Wache schieben müssen, während sie in ihrem warmen Bett gelegen hat.

Sie trifft ihn an den Fahrradständern vor der Schule. Johannes sieht gar nicht gut aus. Sein Gesicht ist grau, unter den Augen hat er dunkle Ringe, die Haare kleben ihm an den Schläfen. Als Pia ihn begrüßt, niest er, dass die Schutzbleche an den Rädern ringsum klappern.

»So was mache ich nie wieder«, schnieft er. »Nie im Leben!«

»War's sehr schlimm?«, fragt Pia teilnahmsvoll. Sie hat auch schon mal intelligentere Fragen gestellt.

»Schlimm?« Johannes versucht, gleichzeitig zu lachen und zu gähnen. Was dabei herauskommt, klingt wie eine kaputte Luftpumpe. »Die ganze Nacht hat es geregnet. Wie aus Eimern. Und gestürmt hat es, dass ich dachte, die Bäume fallen auf mich drauf! Und ich konnte mich nirgendwo unterstellen, weil die Leute vom Hotel die Markise über der Gartenterrasse eingerollt hatten!«

»Tut mir leid«, sagt Pia. »Ehrlich! Was ist mit den beiden Männern?«

Johannes bückt sich, um sein Fahrrad abzuschließen. »Das ist ja das Schlimme«, sagt er. »Die sind nicht gekommen.«

»Na, Gott sei Dank«, sagt Pia.

»Ich weiß nicht«, sagt Johannes und niest ein zweites Mal. »Wenn ich sie verscheucht hätte, hätte sich die Aktion wenigstens gelohnt!«

Vor dem Schulportal wimmelt es jetzt von Schülern. Es wird so laut, dass Pia schreien muss. »Johannes?«, ruft sie.

»Ja?«

»Das vergesse ich dir nie!«

Johannes legt seine Hand hinters Ohr. »Wie bitte?«, brüllt er zurück.

»Schon gut!«, schreit Pia. Vielleicht ist es gut, dass er sie nicht verstanden hat.

An diesem Morgen schläft Johannes mitten im Unterricht ein. Er legt seinen Kopf auf die Arme und beginnt kurz darauf, leise zu schnarchen. Herr Winkel, der Englischlehrer, bekommt das am Anfang gar nicht mit. Erst als das Gelächter um ihn herum immer lauter wird, unterbricht er seinen Redefluss.

»Johannes!«, ruft er.

Der reagiert nicht.

»Johannes Faber!«

Der rührt sich immer noch nicht.

Energisch geht Herr Winkel zu ihm und rüttelt ihn an der Schulter. »He, Junge, wach auf!«

Johannes schnarcht weiter.

»Das gibt's doch nicht«, murmelt Herr Winkel und gibt ihm einen kräftigen Klaps auf die Backe.

Nun endlich hebt Johannes den Kopf und öffnet mühsam die Augen. »Au …«, nuschelt er in das allgemeine Gekichere hinein. »Ich …«

»Du hast geschnarcht«, unterbricht ihn Herr Winkel. »In meinen siebenundzwanzig Jahren als Lehrer bist du der erste Schüler, der in meinem Unterricht geschnarcht hat.«

»E-E-Entschuldigung«, stottert Johannes. »I-i-ich habe die ganze Nacht nicht geschlafen.«

»Bist du krank?«

»Irgendwie schon.«

»Dann gehst du am besten nach Hause«, sagt Herr Winkel.

Als Johannes an Pia vorbei zur Tür stolpert, hält er Finger und Daumen der linken Hand wie einen Telefonhörer ans Ohr. Pia nickt. Sie hat verstanden.

Johannes ruft irgendwann nach dem Mittagessen an. Pias Mutter sucht gerade die Sachen zusammen, die sie ins Krankenhaus mitnehmen wollen. So kann Pia ungestört telefonieren. Natürlich will sie mit Johannes als Erstes über seinen Tiefschlaf vom Vormittag reden. Doch ihr Komplize scheint den Morgen schon vergessen zu haben. »Wann treffen wir uns zum Training?«, fragt er stattdessen.

Sie fahre mit ihrer Mutter ins Krankenhaus, antwortet Pia. Puschkin gehe es immer noch sehr schlecht. Aber gegen fünf könnten sie sich an der alten Brauerei treffen. »Heute muss was passieren«, sagt sie, »sonst ist es zu spät. Sonst sind die beiden Männer vor uns in der Suite.«

»Noch eine Nacht am Hotel überlebe ich nicht«, sagt Johannes und niest zum Abschied.

Im Krankenhaus wollen sie Pia zuerst nicht auf die Intensivstation lassen. Das sei für Kinder verboten, es gebe nun mal Vorschriften. Aber Pia bettelt so lange, bis die Krankenschwestern eine Ausnahme machen.

Bevor sie auf die Station darf, muss sie allerdings genau wie ihre Mutter Kittel, Haarhaube und Überschuhe aus Plastik anziehen. Hinterher sehen sie beide wie grüne Würste aus.

Puschkin liegt zwischen zwei zusammenklappbaren Wänden, verkabelt wie Papas Computer zu Hause und umgeben von blinkenden Monitoren.

»Kann er uns hören?«, fragt Pia eine Schwester, die gerade das Bett nebenan frisch bezieht.

Die zuckt die Schultern. »Man weiß nicht so genau, was Patienten im Koma mitbekommen.«

Pia geht zum Kopfende des Bettes und beugt sich zu Puschkin hinunter. »Hörst du mich?«, flüstert sie. Puschkins Lider bewegen sich ein bisschen. Doch das kann auch Zufall sein.

»Wenn du mich hörst, gib mir ein Zeichen, ja?«, fährt Pia fort.

Tatsächlich bewegt sich der Zeigefinger von Puschkins rechter Hand.

»Prima«, flüstert sie. »Heute besorge ich dir den Stein. Ich weiß nicht, wie, aber ich schaffe es. Du musst nur noch ein paar Stunden durchhalten, Puschkin. Versprich mir das!«

Wieder bewegt sich der Zeigefinger. »Ich hab dich lieb«, sagt Pia.

»Ich dich auch«, hört sie Puschkin flüstern. Vielleicht hat sie es aber auch nur hören wollen. Denn als sie sich aufrichtet, liegt ihr Opa genauso unbeweglich da wie zuvor.

»Was hast du ihm gesagt?«, fragt Mama auf dem Weg nach Hause.

»Dass ich ihn lieb hab«, antwortet Pia und fängt an zu weinen. Sie kommt einfach nicht dagegen an.

Ihre Mutter fährt an den Fahrbahnrand und nimmt sie in die Arme. »Irgendwie wird es dein Opa schon schaffen«, sagt sie tröstend.

Pia wischt sich die Tränen ab. »Aber Einstein und Tante Marga wollen, dass er stirbt«, sagt sie.

»Unsinn«, widerspricht Mama. »Die beiden mögen ihn genauso gern wie wir alle.«

»Bla, bla«, sagt Pia, macht sich aus der Umarmung frei

und lässt sich wieder in ihren Sitz sinken. »Ich werde ihm helfen.«

»Du?«

»Ich. Mehr verrate ich nicht.«

Ihre Mutter lässt den Motor wieder an. »Dann willst du später bestimmt Ärztin werden«, sagt sie lächelnd.

»Nein.«

»Krankenschwester?«

»Auch nicht.«

»Was denn?«

»Bankräuberin.«

Mama rammt fast einen Omnibus, der gerade von einer Haltestelle losfährt. »Kind!«, ruft sie. »Also wirklich!«

Als Pia zur alten Brauerei kommt, wartet Johannes schon. Obwohl die Sonne scheint, trägt er einen Rollkragenpullover und hat einen Schal um den Hals geschlungen. Die Nase, auf der seine großen Brillengläser sitzen, leuchtet rot.

»Heute werden wir zuschlagen«, sagt Pia. »Ich hab's Puschkin versprochen.«

»Und wie?«, fragt Johannes.

»Ich muss in die Suite von dieser Gloria Dingsbums«, antwortet Pia.

Er verzieht das Gesicht. »Und dann bittest du sie, dass sie dir den Stein gibt. Tolle Idee!«

»Blödmann«, sagt Pia. »Irgendwie muss ich es schaffen, dass sie mich in ihrer Suite vergisst.«

»Und wenn sie dich eingeschlossen hat, knackst du den Safe, springst aus dem vierten Stock in den Park und bringst deinem Opa den Smaragd. Alles klar, Pia.«

»Deine Witze waren auch mal besser«, knurrt sie. »Nein, du stehst unten und fängst den Stein. Danach wirfst du mir das Seil zu und ich klettere runter.«

Während sie reden, hocken sie auf einem Rasenstück und schauen an der Fassade des Verwaltungsgebäudes hoch. Nässe kriecht in Pias Hose. Außerdem kriegt sie ein flaues Gefühl im Magen. Bis zum vierten Stock ist es verdammt hoch.

»Nicht schlecht, dein Plan«, sagt Johannes. »Wann hast du dir den überlegt?«

»Gerade eben«, antwortet Pia.

»Wahnsinn.« Johannes klopft ihr anerkennend auf die Schulter. »Wieso bist du eigentlich so schlecht in der Schule? Du bist doch total schlau!« »Schule ist langweilig.« »Du sagst es. – Was ist, wenn das mit dem Einschließen nicht klappt?«, überlegt er laut. »Oder wenn dich diese Gloria erst gar nicht in ihre Suite lässt?«

Pia zuckt die Schultern. »Mir wird schon was einfallen.«

»Wann treffen wir uns?«

Pia schaut auf ihre Uhr. »In drei Stunden.«

»Darfst du denn dann noch raus?«, fragt er erstaunt.

»Lass das mal meine Sorge sein.«

Pia atmet tief durch. Stark fühlt sie sich und mindestens drei Meter groß. Jetzt hält sie keiner mehr auf. Mama nicht und Papa nicht und Tante Marga nicht. Und Einstein schon gar nicht.

Es hält sie tatsächlich niemand auf. Nach dem Abendessen, es beginnt gerade zu dämmern, geht sie zur Garage, holt ihr Fahrrad heraus und fährt los. Niemand stellt sich ihr in den Weg, niemand ruft ihr nach. Der Weg zum

Grandhotel ist frei. Wie sie das alles ihren Eltern erklären soll, kann sie sich später überlegen, in ein paar Stunden, wenn alles vorbei ist.

In einer Seitenstraße, hundert Schritte vom Hotel entfernt, wartet Johannes auf sie. Er hat eine dunkle Hose und einen dunklen Pullover angezogen, trägt eine schwarze Pudelmütze auf dem Kopf und sieht wie ein echter Fassadenkletterer aus.

»Perfekt«, sagt Pia anerkennend. Sie schaut auf die Uhr: »Wenn ich nicht in spätestens einer Stunde mit dem Stein auf dem Balkon bin, hat's nicht geklappt. Dann haust du ab. Warte nicht auf mich.«

Johannes legt ihr die Hand auf die Schulter. »Es wird funktionieren«, sagt er. »Wenn es eine schafft, dann du.«

Puschkin hält Händchen

Pia hat Glück. Vor dem Eingang des Grandhotels steht der freundliche Portier, den sie bei ihrem ersten Besuch kennengelernt hat. Frau von Waldenfels habe das Haus in den letzten Stunden nicht verlassen, sagt er, als sie ihn danach fragt. An der Rezeption wüssten sie aber Genaueres, die Damen dort könnten Pia bestimmt weiterhelfen.

Im Eingangsbereich des Hotels stehen Koffer und Reisetaschen kreuz und quer durcheinander, die Anmeldung ist umlagert von Leuten, die in allen möglichen Sprachen auf die beiden Frauen hinter der Marmortheke einreden. Pia schaut auf ihre Uhr – fünf Minuten sind schon herum. »Ich möchte zu Frau von Waldenfels«, sagt Pia, als sie sich endlich zur Rezeption durchgekämpft hat.

Die blond gelockte Frau in der grünen Uniform wischt sich mit dem Zeigefinger den Schweiß von der Stirn, greift zum Telefonhörer und fragt: »Wen darf ich melden?«

»Kann ich … darf ich … ich möchte gern selbst mit ihr sprechen«, stottert Pia. Verflixt, jetzt fängt sie schon wie Johannes an!

Die Frau zuckt die Schultern, tippt eine Nummer ein, reicht Pia den Hörer und wendet sich an den nächsten Gast.

Das Freizeichen ertönt, einmal, fünfmal, zehnmal. Diese Gloria von Dingsbums ist nicht in ihrer Suite, es kann gar nicht schlechter anfangen. Was soll Pia tun? Muss sie jetzt doch vom Park aus vier Stockwerke hoch in die Präsidentensuite klettern? Und wenn die Balkontür verschlossen ist? Den Glasschneider hat immer noch Puschkin. Und der liegt im Krankenhaus. Sie wird also eine Scheibe einschlagen müssen. Das hat sie unter allen Umständen vermeiden wollen.

In diesem Augenblick meldet sich eine verschlafene Frauenstimme: »Von Waldenfels.«

Pia nimmt allen Mut zusammen und legt los: »Guten Tag, hier ist Pia. Sie kennen mich nicht, aber meinen Großvater. Ich meine, ich bin die Tochter von seinem Sohn, also eigentlich seine Enkelin. Und jetzt ist er krank geworden …«

»Wer? Dein Vater?«, unterbricht sie Frau von Waldenfels.

»Nein, nicht mein Vater! Puschkin!«

»Wer ist Puschkin?«

Pia beginnt zu schwitzen. »Na, mein Großvater!«

Aus dem Hörer tönt Lachen, es klingt sehr sympathisch. »Weißt du was, mein Kind? Komm doch einfach zu mir rauf. So wird das nichts mit uns beiden.«

Pia gibt den Hörer zurück und fragt, wie sie zur Präsidentensuite kommt.

Die Frau von der Rezeption mustert sie kritisch. Was sie sieht, scheint ihr nicht zu gefallen: Turnschuhe, alte Jeans, ein noch älteres Sweatshirt mit Grasflecken, ein verkratzter Fahrradhelm mit Ferrari-Emblem – ganz offensichtlich macht Pia keinen besonders vertrauenerweckenden Eindruck auf sie.

»Hat Frau von Waldenfels dich denn zu sich eingeladen?«, fragt sie ungläubig.

»Hat sie«, sagt Pia. »Sie können sich ja bei ihr erkundigen«, fügt sie hinzu, weil die Frau noch immer nicht überzeugt zu sein scheint.

Wenig später steht sie allein in einem rundum verspiegelten Aufzug, der fast geräuschlos nach oben gleitet. Pia hat hier eigentlich einen Fahrstuhlführer in Uniform erwartet. Aber so ist es natürlich besser. Je weniger Leute sie sehen, desto weniger wird man sich an sie erinnern. Bei dem Trubel an der Rezeption hat die Frau dort bestimmt schon wieder vergessen, dass sie gerade eine Pippi Frankenstein zu Gloria von Dingsbums geschickt hat.

Pia wischt sich die Hände an der Hose ab und setzt ihr schönstes Lächeln auf – soweit das mit einer dicken Backe und einem blauen Auge möglich ist. Mit diesem Lächeln verlässt sie den Aufzug im vierten Stock, geht zu der Tür mit der Nummer 4444 und klopft.

Gloria von Waldenfels lässt sie nicht lange warten. Die wasserstoffblonden Haare hängen in langen Wellen auf ihren Kimono, ihr Gesicht sieht aus wie ein verschrumpelter Apfel. Offenbar hat sie keine Zeit gehabt, sich zu schminken. Das Einzige, was an ihr wirklich beeindruckend ist, ist der enorme Busen. Der kann einem echt Angst machen. Dass Männer so was mögen, wird Pia nie begreifen.

Sie folgt Frau von Waldenfels in einen riesigen Wohnraum mit schweren Möbeln und versinkt in dem ihr angebotenen Sessel. Plötzlich kommt sie sich sehr winzig vor.

Ob sie was trinken möchte, fragt Frau von Waldenfels.

Pia schüttelt den Kopf und schaut sich unauffällig um.

Die Tür zum Schlafzimmer steht offen. Das große Bett ist nicht gemacht, Kleider und Unterwäsche liegen auf dem Boden. Es sieht ganz so aus, als sei Frau von Waldenfels von Pias Anruf geweckt worden. An den Wänden des Salons hängen ein paar Bilder mit bunten Dreiecken und Quadraten. Die meisten Tresore seien hinter Bildern versteckt, hat Puschkin ihr mal erzählt, da habe er immer als Erstes nachgeguckt.

Frau von Waldenfels setzt sich Pia gegenüber ins Sofa und nippt an einem Glas, das eine dunkelrote Flüssigkeit enthält. »So, und jetzt erzählst du mir, wer dieser Puschkin ist und was ich damit zu tun habe. Und setz den Helm ab, ja?«

Pia legt den Fahrradhelm neben sich auf die Sessellehne und beginnt: »Puschkin ist mein Großvater. Sie haben sich ein paarmal mit ihm getroffen«, sagt sie. »In den letzten Tagen, meine ich.«

»Ach, Herrmann ist dein Großvater?« Frau von Waldenfels klatscht in die Hände. »Ein wunderbarer Mensch! Du sagst, er ist krank?«

Pia erzählt ihr kurz, was geschehen ist. Während sie berichtet, geht mit Frau von Waldenfels eine sichtbare Veränderung vor. Sie wird blass, das Lächeln verschwindet, die Falten um ihren Mund treten noch stärker hervor. Hastig nimmt sie eine Zigarette aus einem goldenen Etui und zündet sie an. Als sie ihr Glas in einem Zug austrinkt, tropft etwas von der roten Flüssigkeit auf ihren Kimono. Sie beachtet es nicht.

»Das ist ja schrecklich!«, ruft sie, als Pia schweigt. »Der arme Mann! In welchem Krankenhaus liegt er denn?«

»Im Hafenkrankenhaus«, antwortet Pia. Mit dem Taxi brauche man vielleicht zehn Minuten, aber genau wisse sie das natürlich nicht, sagt sie. Ihr Großvater würde sich bestimmt freuen, wenn Frau von Waldenfels ihn besuchen käme.

Die springt jetzt auf und läuft ins Schlafzimmer. In den nächsten Minuten hört Pia von drinnen nichts als das Schlagen von Schranktüren, das Klappern von Kleiderbügeln und das Tappen nackter Füße auf dem Parkett.

Als Frau von Waldenfels das Schlafzimmer wieder verlässt, hat sie die Haare zu einem Pferdeschwanz zusammengebunden, trägt ein schlichtes dunkles Kostüm und hochhackige Schuhe. Während sie ins Bad geht, bittet sie Pia, ihr bei der Rezeption ein Taxi zu bestellen. Pia tut es. Das Taxi sei in fünf Minuten da, sagt die Frau von der Rezeption. Bis hierhin hat alles nach Plan geklappt, Gloria Dingsbums reagiert genau so, wie Pia es erhofft hat. Doch wie um alles in der Welt schafft sie es, in der Suite zu bleiben, wenn die Frau zum Krankenhaus fährt?

In dem Augenblick, in dem Pia den Telefonhörer auflegt, ist Frau von Waldenfels mit ihrer Toilette fertig. Sie hat ihre Lippen dunkelrot geschminkt, die Augenlider sind in einem schwachen Blau getönt. Zehn Jahre jünger sieht sie aus – wenn man nicht genau hinschaut, sogar fünfzehn. Energisch öffnet sie die Tür zum Flur.

»Ich muss mal«, sagt Pia. Es ist die einzige Chance, die ihr bleibt. Und das Verrückteste ist: Es ist nicht mal gelogen, Pia muss wirklich.

Frau von Waldenfels zögert nur eine Sekunde. »Geh bei mir auf die Toilette. Und zieh danach einfach die Tür hinter dir zu, ja?«, ruft sie und läuft trotz ihrer hochhackigen Schuhe erstaunlich schnell zum Aufzug.

Aufatmend lässt Pia sich im Bad auf die Klobrille fallen. Sie hat es geschafft, ihre Blase hat ihr im richtigen Moment geholfen. Wenn diese Gloria von Dingsbums nicht irgendwas vergessen hat und noch mal zurückkommt, hat Pia jede Menge Zeit, den Tresor zu finden und zu knacken.

Wieso hat die Frau eigentlich so komisch reagiert, als sie ihr von Puschkins Herzanfall erzählt hat? Sie kennt Opa doch erst seit ein paar Tagen! Ist sie etwa in ihn verliebt? Oder steckt etwas anderes dahinter? Pia wird später darüber nachdenken, es ist wichtig, dass sie das tut. Aber jetzt gibt es Wichtigeres zu tun.

Inzwischen sind weitere fünf Minuten um. Pia verlässt das Bad, geht zum Fenster des großen Salons und zieht den Vorhang zurück. Draußen ist es dunkel geworden, doch die schmale Figur, die zwischen den Bäumen steht und ihr kurz zuwinkt, ist deutlich zu erkennen. Pia hebt den Daumen zum Zeichen, dass alles in Ordnung ist, und tritt in die Suite zurück.

Den Tresor findet sie gleich hinter dem ersten Bild, nie im Leben hätte sie sich vorstellen können, dass es so leicht sein würde. Sie hängt das Bild ab, lehnt es vorsichtig an die Wand und löscht alle Lichter. Dann steckt sie sich die kleine Taschenlampe in den Mund, knipst sie an und beginnt konzentriert mit der Arbeit.

Eine halbe Stunde später hat sie Hunderte von Zahlenkombinationen ausprobiert, ist genauso vorgegangen, wie Puschkin es ihr von seiner Zeit als Tresorknacker erzählt hat. Aber der Safe hat immer nur dasselbe leise Klicken von sich gegeben, die Tür ist verschlossen geblieben. Obwohl Pia ihre Ohren angestrengt hat wie noch nie, hat sie nicht den kleinsten Unterschied zwischen den Geräuschen erkennen können.

Sie wischt sich den Schweiß von der Stirn und nimmt die Taschenlampe aus dem Mund. Morgen wird sie nicht mehr sprechen können, sosehr tun ihr schon jetzt die Backenmuskeln weh. Vielleicht hat der nette Portier ja recht gehabt und die Safes im Hotel sind tatsächlich einbruchsicher. Sie jedenfalls wird das Ding da niemals knacken können. Es ist eine Schnapsidee gewesen, es zu versuchen. Aber sie muss weitermachen, das ist sie Puschkin schuldig.

Der wacht zur selben Zeit auf. Er fühlt sich besser, sein Herz, das in den letzten Tagen so oft geschmerzt hat und aus dem Takt gekommen ist, schlägt jetzt fest und gleichmäßig. Puschkin will sich aufrichten – und fällt gleich wieder auf das schmale Kissen zurück. Kein Wunder. Um sich aus den Kabeln zu befreien, die seinen Körper mit irgendwelchen geheimnisvollen Maschinen verbinden, müsste er ein Entfesselungskünstler sein.

»Hallo, Sie!«, ruft er der Krankenschwester zu, die sich an einem der Monitore zu schaffen macht. Das heißt, er versucht zu rufen. Aber er bringt bloß ein heiseres Krächzen zustande.

»Oh, Sie sind aufgewacht«, sagt die Schwester. Sie scheint sich zu freuen, jedenfalls strahlt sie über das ganze Gesicht. Für seinen Geschmack ist sie ein bisschen zu dünn. Doch sie hat einen schönen Mund, Donnerwetter, der Mund gefällt ihm.

»Wie geht es Ihnen?«, fragt sie.

»Weiß nicht«, krächzt er. »Ich habe Durst. Jawoll.«

Sie reicht ihm einen Plastikbecher. Er muss ihn mit beiden Händen festhalten. Trotzdem verschüttet er die Hälfte. Das ist ihm peinlich, sehr peinlich sogar.

»Macht nichts«, sagt die Krankenschwester. »Wir können alles frisch beziehen.«

In diesem Moment betritt ein grünes Ungetüm den Raum, allein an den hochhackigen Schuhen ist zu erkennen, dass es eine Frau sein muss.

»Herrmann!«, ruft das Ungetüm und kommt mit ausgebreiteten Armen auf das Bett zugeschwebt.

»Wer … wer sind Sie?«, fragt Puschkin erschrocken.

»Gloria!«

Puschkin lächelt. Zu dumm, dass sie ihm sein Gebiss weggenommen haben. Als zahnloser Greis ist er mit Sicherheit ein scheußlicher Anblick.

»Ach, Gloria«, sagt er und bemüht sich, dabei den Mund so wenig wie möglich zu öffnen. »Schön, dass Sie mich besuchen.«

»Ihre Enkelin war bei mir im Hotel und hat erzählt, was passiert ist. Da bin ich gleich hergekommen. Erst wollten sie mich nicht zu Ihnen lassen, weil wir nicht verwandt sind. Sogar die Blumen haben sie mir abgenommen, wunderschöne gelbe Rosen! Herrmann! Stellen Sie sich das mal vor!«, ruft sie empört.

Als Puschkin schweigt, fährt Frau von Waldenfels etwas leiser fort: »Werden Sie gut betreut?«

Er nickt. In seinem Kopf arbeitet es – soweit sein Kopf nach einer langen Bewusstlosigkeit schon wieder arbeiten kann. Wieso ist Pia zu Gloria gegangen? Sie mag die Dame doch nicht! Versucht sie etwa, den Safe in der Präsidentensuite zu knacken? Genau in diesem Augenblick? Wie ist sie in die Suite gekommen? Ist sie tatsächlich in den vierten Stock vom Grandhotel geklettert? Und wenn sie nun bei dem Versuch abgestürzt ist, wenn sich der Wurfanker nicht fest genug verhakt hat? Sein Herz beginnt wieder, unrhythmisch zu schlagen, ein feiner Stich fährt ihm durch die Brust. »Haben Sie Schmerzen?«, hört er Gloria fragen. »Alles in Ordnung«, krächzt er.

»Was sagen die Ärzte?«

»Was sollen sie schon sagen?«, antwortet Puschkin. »Ich bin alt. Irgendwann müssen wir alle sterben. Alle, jawoll.«

»So etwas dürfen Sie nicht mal denken!«, ruft Gloria. »Sie werden noch hundert Jahre alt!«

Mit Ihrem Smaragd vielleicht, würde Puschkin jetzt gern sagen. Aber er schweigt – natürlich. Wenn Pia wirklich den Safe zu knacken versucht, muss er ihr Zeit verschaffen, so viel Zeit wie möglich.

»Sie könnten mir einen Gefallen tun«, sagt er.

»Jeden«, sagt sie und beugt sich über ihn. Mhm, die Dame duftet umwerfend!

»Ich bin müde«, murmelt er – und das ist nicht mal geschwindelt. Dann schließt er die Augen. »Es wäre schön, wenn Sie noch ein bisschen bei mir blieben und mir die Hand hielten. Die Hand, jawoll.«

»Aber gern!«, ruft sie.

»Pscht!«, macht die Krankenschwester.

»Ich bleibe natürlich, so lange Sie wollen. – Lieber«, fügt Gloria hinzu.

›Lieber‹ hat sie gesagt. Das tut Puschkin gut – auch wenn

er von ihr außer dem Stein nichts will. Während sich Glorias Hand um seine schließt, versucht er, sich auf Pia zu konzentrieren, versucht in Gedanken, in ihren Kopf und in ihre Hände zu schlüpfen. Bleib locker, mein Mädchen, denkt er. Wenn du verkrampfst, hörst du nichts.

Pia lässt ihre Finger knacken. Die Leuchtziffern auf der Armbanduhr zeigen ihr, dass ihr noch höchstens zehn Minuten bleiben. Wenn sie Pech hat, kommt Gloria sogar schon früher zurück. Und dann hat Pia ein Problem.

Bleib locker, ermahnt sie sich, sonst hörst du nichts. Vorsichtig nimmt sie das massive silberne Stellrad in die Hand und dreht es ein winziges Stück weiter. Es klickt. Anders als vorher. Oder hat sie sich getäuscht? Sind ihre Ohren inzwischen so überempfindlich, dass sie ihr etwas vorspielen, das es in Wirklichkeit gar nicht gibt? Sie verstellt das Rad um ein weiteres Stück. Wieder klickt es, doch dieses Geräusch kennt sie, das hat sie schon oft gehört. Also zurück zum ersten Klick. Kein Zweifel, diese Zahl rastet leiser ein.

Pia zwingt sich, ruhiger zu atmen, lässt die erste Zahl – es ist eine 9 – stehen und konzentriert sich auf die zweite. Jetzt ist ihr das neue Geräusch vertraut. Und es dauert tatsächlich höchstens ein paar Sekunden, dann hat sie die 5. Die dritte Zahl ist erneut die 9, die vierte die 1. Jetzt fehlt nur noch eine. Doch so vorsichtig Pia auch das Rad verstellt, das Klicken klingt bei allen Zahlen gleich.

Der Schweiß bricht ihr aus, er läuft ihr aus allen Poren. Bleib locker, befiehlt sie sich, sonst geht gar nichts. Noch einmal geht sie alle Zahlen durch – mit demselben Ergebnis.

Was würde Puschkin an ihrer Stelle tun? Was würde er

als Profi ihr in einem solchen Augenblick raten? ›Die meisten Konstrukteure von Tresoren denken ganz einfach‹, hat er mal gesagt. ›Wenn du nicht weiterkommst, versuche das Einfache.‹

Also das Einfache, na schön, versuchen kann sie es ja. Pia dreht das Rad auf die 1 und zieht. Ohne Erfolg, der Safe bleibt verschlossen. Dasselbe geschieht bei der 2, der 3, der 4, der 5 und der 6. Aber bei der 7 ist ein Geräusch zu hören, das eindeutig anders klingt als die anderen. Sie zieht – und die Safetür öffnet sich. Sie hat es geschafft, sie hat tatsächlich den ersten Tresor ihres Lebens geknackt. Und dazu noch einen, der angeblich einbruchsicher ist!

Hastig nimmt sie die Taschenlampe aus dem Mund und leuchtet ins Innere des Safes. Bis auf ein Kästchen aus glattem dunklem Holz ist er leer. Sie nimmt es heraus und öffnet es. Auf rotem Samt liegt ein Smaragd, groß wie ein Wachtelei. Im Schein der Taschenlampe funkelt er so, dass Pia für einen Moment geblendet die Augen schließen muss.

Der Stein ist wunderschön, es kommt ihr vor, als könne sie die geheime Kraft spüren, die von ihm ausgehen soll. Dieser Smaragd wird Puschkin helfen, er wird ihn schnell gesund machen, da ist sie sich ganz sicher. Hastig stellt sie das leere Holzkästchen zurück in den Safe. Dann schließt sie ihn, merkt sich für alle Fälle die Nummer, mit der man ihn öffnen kann – es ist die 95917 –, und tritt mit dem Stein in der Hand auf den Balkon hinaus. Zweimal lässt sie die Taschenlampe aufblitzen, von unten, vier Stockwerke tiefer, kommt dasselbe Zeichen zurück.

Johannes steht im Nachtschatten eines Baums, genau unterhalb ihres Balkons. In seinen dunklen Sachen ist er nur schemenhaft zu erkennen, hoffentlich wirft sie den Stein so, dass er ihn sehen und fangen oder wenigstens im Gras finden kann. Sie wechselt den Smaragd von der linken in die rechte Hand, atmet ein paarmal tief durch und lässt ihn fallen. Einen Augenblick später blinkt unten eine Taschenlampe dreimal auf – es hat geklappt, Johannes hat den Stein. Wenn sie jetzt beim Runtersteigen erwischt wird oder abstürzt, wird Johannes Puschkin den Smaragd ins Krankenhaus bringen.

Wieder leuchtet die Taschenlampe auf, Pia tritt zwei Schritte zurück. Dann zischt es, ein silbriges Etwas kommt am Balkon vorbeigeflogen und hakt sich ein Stockwerk höher unterhalb der Brüstung fest. Johannes ist wirklich ein Genie! Pia zieht sich die dicken Lederhandschuhe an, setzt den Fahrradhelm auf, steckt die Taschenlampe in ihren Gürtel, prüft sorgfältig, ob der Anker fest hängt, und klettert über die Brüstung.

Beim Abstieg kommt sie an einem Zimmer vorbei, in dem sich ein Mann und eine Frau lautstark streiten. Wenn sie das in den wenigen Sekunden richtig mitbekommt, geht es um Geld. Das kennt sie von Mama und Papa … Ein Stockwerk tiefer föhnt sich ein dicker Mann die drei oder vier Haare, die er noch auf dem Kopf hat. In der ersten Etage liegen zwei auf einem riesigen Bett, halten sich an der Hand und schauen Fernsehen. Niemand der Hotelgäste scheint auf den Schatten, der draußen an den Balkonen vorübergleitet, zu achten. Und das lässt Pia für einen Moment unvorsichtig werden. Sie bleibt mit dem linken Fuß an dem Balkongitter im ersten Stock hängen, verliert in ihrer Überraschung das Seil und stürzt kopfüber in den Garten. Zum

Glück hat sie den Helm auf und der Sturz ist nicht besonders tief. Trotzdem fährt ihr ein stechender Schmerz durch den rechten Arm und ihr wird speiübel.

Da ist auch schon Johannes bei ihr. Er hat Wurfanker und Seil bereits wieder in seinem Rucksack verstaut. »Hast du dich verletzt?«, flüstert er.

Pia stöhnt leise und rappelt sich auf. »Weiß nicht. Wir müssen weg. Gib mir den Stein!« Sie hat Mühe beim Sprechen, das Arbeiten mit der Taschenlampe im Mund hatte ihre Backenmuskeln total verkrampft.

Johannes drückt ihr den Smaragd in die Hand. Der Stein fühlt sich wunderbar an, warm und kalt zugleich. Sie steckt ihn in die Hosentasche und zieht den Reißverschluss zu. Dann rennen sie gebückt aus dem Park und schleichen sich, immer tief im Schatten der Häuser, zu ihren Rädern.

»Du bist die Größte, Pia«, sagt Johannes bewundernd, während er sein Fahrrad aufschließt.

»Ohne dich hätte es nie geklappt«, sagt sie. Ihr Arm schmerzt immer stärker.

»War es schwierig mit dem Safe?«, fragt Johannes neugierig.

Pia steigt auf ihr Fahrrad. Mit einer Hand ist das gar nicht so einfach. »Bitte, Johannes«, stöhnt sie. »Ich erzähle es dir später, ja?«

»In Ordnung«, sagt er. »Und was machen wir jetzt?«

Pia tritt in die Pedale. »Jetzt fahren wir zum Krankenhaus.«

»Wir?«, fragt er erstaunt.

Pia nickt. »Komm bitte mit. Ich weiß nicht, ob ich es mit dem Arm noch lange schaffe.«

Während Johannes und Pia durch die Stadt zum Hafenkrankenhaus fahren, wacht Puschkin auf und reibt sich die Augen. Der Stuhl neben seinem Bett ist leer, Frau von Waldenfels verschwunden. Nur ihr starkes Parfüm hängt noch in der Luft.

»Wann ist sie gegangen?«, fragt er die Krankenschwester.

»Gerade eben«, antwortet die. »Eine nette Person. Vielleicht ein bisschen laut, aber nett. Über eine Stunde hat sie bei Ihnen gesessen.«

Über eine Stunde? Dann müsste Pia jetzt eigentlich mit der Arbeit fertig sein. Ob sie es geschafft hat? Sie ist talentiert, die Übungsschlösser hat sie alle aufgekriegt. Doch ein moderner Safe ist etwas anderes, dafür braucht man viel Erfahrung und eine gute technische Ausrüstung. Wahrscheinlich hat Pia es irgendwann aufgegeben und ist abgehauen. Hoffentlich durch die Tür und nicht die Fassade hinunter. Wenn sie abgestürzt ist – nein, er zwingt sich, nicht daran zu denken.

Vom Flur her sind nun laute Stimmen zu hören. »Das geht aber nicht!«, hört er jemanden rufen und »Nicht ohne deine Eltern!« und »Nicht um diese Zeit!«. Dann fliegt die Tür auf und Pia stürmt herein, hinter sich zwei Schwestern. Pias Gesicht glüht, den rechten Arm hält sie an die Brust gedrückt. Puschkin fällt ein Stein vom Herzen, wenigstens scheint ihr nichts Schlimmeres passiert zu sein.

»Was tust du denn hier?«, fragt er.

Pia tritt an sein Bett und gibt ihm einen Kuss. »Ich wollte dir nur schnell Gute Nacht sagen. Aber die da« – sie zeigt auf die Schwestern – »wollten mich nicht zu dir lassen.«

»Das dürfen wir auch nicht«, sagt die ältere der beiden Krankenschwestern. »Die Ansteckungsgefahr für die Patienten und die Besucher …«

»Schon gut«, unterbricht sie Puschkin. »Pia geht sofort wieder, sofort, jawoll.«

Sie nickt. Dann gibt sie ihm die linke Hand, in der sich etwas Großes, Kühles befindet. Es wandert zu ihm herüber. Geschickt lässt er es unter die Bettdecke gleiten.

»Schlaf gut, Opa«, sagt sie.

»Du auch, mein Kind.«

»Und werd gesund.«

Puschkin wendet sich an die Schwestern. »Bestellen Sie meiner Enkelin bitte ein Taxi? Es geht auf meine Rechnung, auf meine, jawoll.«

Das Letzte, was er von Pia sieht, sind ihre roten Haare. Dann schließt sich die Tür.

Die Kleine ist eine Wucht, sie hat es also tatsächlich geschafft. Wenigstens eine in der Familie, die sein Erbe in sich trägt. Er kann stolz auf sie sein, stolz, jawoll.

Puschkin zieht den Stein unter der Bettdecke hervor. Kein Zweifel, das ist er: der Smaragd der Königin. Vielleicht der schönste Smaragd, den es auf der Welt gibt. Und jetzt gehört er ihm!

Zufrieden schließt Puschkin die Augen. Einen Wimpernschlag später ist er eingeschlafen.

Pia bekommt einen Gips

Als Pia das Krankenhaus verlässt, wartet Johannes an der Pforte auf sie.

Ob alles geklappt habe, fragt er.

Sie nickt.

Wie es ihrem Opa gehe.

Ganz gut, antwortet sie. Die Schwestern hätten sie allerdings nur ein paar Minuten mit ihm sprechen lassen.

»Was ist mit deinem Arm?«

»Tut verdammt weh.«

»Wo wir schon mal hier sind, könntest du ihn eigentlich in der Ambulanz untersuchen lassen«, sagt Johannes.

Pia schaut auf ihre Uhr. Schon halb elf. »Ich muss nach Hause«, sagt sie. »Unbedingt. Puschkin hat mir ein Taxi bestellt.«

»Ich nehme dein Fahrrad mit«, sagt Johannes. »Ich hab's ja nicht weit.«

Keine Viertelstunde später steigt Pia im Kirchweg aus dem Taxi. Gerade will sie klingeln, da wird die Haustür aufgerissen und Mama, Papa, Einstein und Tante Marga versuchen, sich mehr oder weniger gleichzeitig durch den Türrahmen zu quetschen. Sieht irgendwie komisch aus.

»Hallo«, sagt Pia leise. »Ich …«

Zu mehr kommt sie nicht. Mit einem Aufschrei packt Mama sie am Arm – zum Glück ist es der gesunde –und zieht sie in den Hausflur. Im nächsten Moment prasseln von allen Seiten Fragen und Vorwürfe auf sie ein. Irgendwann steckt Pia die Finger in die Ohren und schließt die Augen. Als sie sie wieder öffnet, herrscht Stille. »Darf ich auch mal was sagen?«, fragt Pia.

»Wir bitten darum«, sagt Papa.

Pia holt tief Luft. »Ich verstehe ja, dass ihr euch Sorgen gemacht habt«, sagt sie.

»Na, immerhin«, sagt Mama.

»Wer hätte das für möglich gehalten – die Kleine hat was verstanden«, lästert Einstein.

»Aber ich war bei Puschkin«, fährt Pia fort.

»Du warst wo?«, fragt Papa überrascht.

»Bei Puschkin«, antwortet Pia, die sich zusammennehmen muss, um nicht aufzustöhnen, so weh tut ihr der Arm. Die Schmerzen wandern in Wellen durch ihre Schulter bis in den Kopf hinein. »Ich hab ihm was gebracht. Es war wichtig.«

»Wieso bist du einfach weggefahren, ohne uns Bescheid zu sagen?«, will jetzt Tante Marga wissen. »Wir haben uns solche Sorgen gemacht!«

Das ist ein guter Witz, ein sehr guter sogar. Als ob sich ausgerechnet Tante Marga Sorgen gemacht hätte!

»Und was hast du Opa gebracht?«, fragt Einstein.

Pia beachtet ihn nicht. »Puschkin hat sich sehr über meinen Besuch gefreut«, sagt sie stattdessen.

»Du hast Thomas' Frage noch nicht beantwortet«, sagt Papa.

»Es ist ein Geheimnis«, erwidert Pia. »Es geht nur Puschkin und mich was an. Tut mir leid, ich kann es euch nicht sagen. Und ich werde es auch nicht tun«, fügt sie tapfer hinzu.

»So ein freches …«, beginnt Tante Marga. Doch Papa schneidet ihr das Wort ab. »Geh bitte in dein Zimmer, Pia. Wir reden morgen weiter.«

In diesem Augenblick fährt ein solcher Schmerz durch Pias Arm, dass sie das Gesicht zu einer Grimasse verzieht.

»Was ist, Kind?«, fragt ihre Mutter erschrocken.

»Der Arm«, ächzt Pia.

»Bist du gestürzt?«, fragt Papa.

»Mhm.«

»Mit dem Fahrrad?«

»So ungefähr.«

Papa schaut sich den verletzten Arm aufmerksam an. »Sieht nicht gut aus«, sagt er dann. »Ich bin zwar kein Arzt, aber ich würde mich nicht wundern, wenn er gebrochen ist. Packt ein paar Sachen ein, wir fahren sofort ins Krankenhaus.«

Auf diese Weise landet Pia an diesem Abend ein zweites Mal im Hafenkrankenhaus. Der Arzt in der Ambulanz vermutet wie Papa einen Armbruch und das Röntgenbild bestätigt seine Diagnose: Es handelt sich um eine Fraktur, die so schnell wie möglich operiert werden muss.

»Jetzt sofort?«, fragt Pia.

Der Arzt nickt.

»Jungejunge«, murmelt Pia.

Vor der Operation setzt sich der Narkosearzt zu ihr ans Bett und versucht, sie zu beruhigen. Dabei ist das gar nicht nötig. Wer wie sie aus dem vierten Stock des Grandhotels hinunter in den Park geklettert ist, hat keine Angst vor solchen Kleinigkeiten.

Einige Stunden später wacht Pia auf. Ihre Mutter sitzt mit geschlossenen Augen neben ihr am Bett. Durch das große Fenster fällt helles Tageslicht herein.

»Du, Mama«, sagt Pia. Ihr Mund ist ausgetrocknet, sie hat Mühe zu sprechen. Und diesmal nicht wegen des Muskelkaters in ihren Backenmuskeln.

Ihre Mutter schreckt hoch. Offenbar hat sie geschlafen. »Da bist du ja wieder«, sagt sie und streichelt ihr über die Haare. »Wie geht's dir? Tut dir der Arm weh?«

Pia betrachtet interessiert den weißen Gips, den sie ihr nach der Operation verpasst haben. Wahrscheinlich werden alle aus ihrer Klasse was draufschreiben wollen. ›Auch ein Hippie muss mal Pipi‹ und anderen Blödsinn. »Nee, überhaupt nicht«, sagt sie. »Aber ich hab Durst.«

Nachdem sie getrunken hat, fragt sie, ob ihre Mutter was von Puschkin gehört hat.

Der habe sich seit der letzten Nacht ganz erstaunlich erholt, antwortet Mama. Die Ärzte stünden vor einem Rätsel, sie hätten so etwas noch nicht erlebt.

Pia lächelt und schließt zufrieden die Augen. Es hat sich also doch gelohnt: das Training an der alten Brauerei, die Angst vor dem Klettern, die Verzweiflung, als sie den Safe nicht aufbekam, der Absturz und das Donnerwetter zu Hause. Puschkin geht es besser, mehr hat sie nicht gewollt.

Sie wird wach, als zwei Pfleger das Bett hinausschieben, das abgedeckt an der gegenüberliegenden Wand gestanden hat. Dann bringen sie ein anderes herein. Erst auf den zweiten Blick erkennt sie, wer darin liegt.

Es ist Puschkin! Er ist immer noch blass. Aber er lacht und seine Augen blicken klarer als am Tag zuvor.

»Ich schnarche«, sagt er zur Begrüßung.

»Hallo, Puschkin.«

»Ich schnarche«, wiederholt er, nachdem die beiden Pfleger den Raum verlassen haben. »Wenn du mich nicht hier haben willst, lasse ich mich wieder abholen. Die finden auch noch ein anderes Zimmer für mich, ein anderes, jawoll.«

»Du bleibst«, sagt Pia, steht auf, schlurft auf wackligen Beinen zu ihrem Opa hinüber und drückt ihm einen dicken Schmatzer auf die kratzige Backe. »Geht es dir wirklich besser?«

Er zieht die Hand unter der Bettdecke hervor und zeigt ihr den Smaragd. »Das Ding hilft tatsächlich. Seit du ihn mir gebracht hast, fühle ich mich fast wie neugeboren. Den Smaragd gebe ich nie mehr her. Und wenn ich mal tot bin, kriegst du ihn, du, jawoll. Und jetzt erzähle! Attacke!«

Alles will Puschkin wissen. Von der Fahrstuhlfahrt bis zum Abseilen in den Park. Besonders den Safe muss sie ihm bis zum letzten Schräubchen beschreiben. »Ein ST 750 von Secure«, murmelt er. »Komisch, dass sie in einem Luxushotel noch solche alten Dinger haben. Trotzdem ist es ein erstklassiger Tresor, erstklassig, jawoll. Dass du den aufgekriegt hast – Donnerwetter! Du solltest wirklich meine Nachfolgerin werden.«

Pia klopft auf ihren Gips. »Vielen Dank, ich kann darauf

verzichten. Außerdem hat mir Johannes geholfen. Ohne ihn wäre ich nie unbeobachtet aus der Präsidentensuite rausgekommen.«

»Johannes?«

»Er ist in meiner Klasse«, antwortet sie und erzählt, wie fantastisch er mit dem Wurfanker umgehen kann.

»Und er wird uns nicht verpfeifen?«, fragt Puschkin misstrauisch.

»Verpfeifen? Johannes?« Pia lacht. »Niemals. Er ist in mich verliebt.«

»Und du auch in ihn?«

Pia spürt, wie ihre Ohren heiß werden. »Quatsch!«, murmelt sie. Dass Opa immer so blöde Fragen stellen muss!

»Ihr könntet euch zusammentun«, sagt er. »Als Safeknacker, meine ich.«

»Vergiss es. Johannes wird mal Professor.«

»Schade«, sagt Puschkin. »Und Frau von Waldenfels hat sich tatsächlich Sorgen um mich altes Gerippe gemacht?«

»Sah so aus«, antwortet Pia. »Aber ich fand ihre Reaktion ein bisschen übertrieben. Es war, als wäre sie mit dir verheiratet oder so.«

Puschkin denkt nach, ziemlich lange. Dann sagt er: »Tu mir den Gefallen und besorge mir eine Zeitung, ja?«

»Darf ich denn schon aufstehen?«

»Hat es dir irgendjemand verboten? Nein? Dann mach schon! Attacke!«

Pia wirft sich ihren Bademantel über, zieht ihre Hausschuhe an und verlässt das Zimmer. Sie fühlt sich noch ein bisschen unsicher, doch mit jedem Schritt geht es besser. Den Arm mit dem Gips allerdings muss sie fest an die Brust gedrückt halten, sonst tut er scheußlich weh. Zwei Krankenschwestern sitzen im Stationszimmer und trinken Kaffee. Sie schauen nicht hoch, als Pia vorbeischleicht.

Auch auf dem Rückweg vom Kiosk wird sie nicht aufgehalten. Im Zimmer hilft sie Puschkin, sich aufzusetzen, findet seine alte, mit Leukoplast geflickte Lesebrille im Nachtschränkchen, setzt sie ihm auf die Nase und schlüpft wieder ins Bett.

»Ha!«, ruft Puschkin. »Jawoll!« Dabei haut er mit der Hand, die den Smaragd hält, auf die Zeitung. »Hör mal, was hier steht, Kind! Das glaubst du nicht!«

Dann liest er vor: »Zwei maskierte Einbrecher sind gestern am späten Abend in die Präsidentensuite des Grandhotels eingedrungen. Dort residiert seit einigen Tagen die Milliardärswitwe Gloria von Waldenfels (Bild). Offenbar waren die Einbrecher darauf aus, einen der wertvollsten Edelsteine der Welt zu stehlen. Frau von Waldenfels trägt, wie in einer früheren Ausgabe berichtet, den Smaragd der Königin auf allen Reisen bei sich. Bei dem Versuch der Gangster, den Safe in der Suite mit Sprengstoff zu öffnen, entstand ein Sachschaden von mindestens 50 000 Euro.«

Puschkin zeigt Pia das Bild neben dem Artikel. Vor einem großen Loch in der Wand steht Gloria von Waldenfels in dem, was von ihrer Suite übrig geblieben ist, und lächelt in die Kamera. Da wird ihre Suite und wer weiß was sonst noch in die Luft gesprengt und die Dame lächelt!

Beim Abseilen in den Hotelpark seien die Einbrecher von der Polizei in Empfang genommen worden, fährt Puschkin fort. Ein aufmerksamer Gast habe die Beamten alarmiert. Es handele sich bei den Einbrechern um zwei mit internationalem Haftbefehl gesuchte Tresorknacker. Von dem berühmten Stein fehle im Übrigen jede Spur. Möglicherweise hätten die beiden Einbrecher einen Komplizen gehabt, der mit dem wertvollen Stück verschwunden sei. Auf einen dritten Mann konzentrierten sich jetzt auch die Ermittlungen der Polizei.

»Von wegen Komplize.« Puschkin grinst und fährt zärtlich mit den Fingern über den Stein. »Besser konnte es für uns gar nicht laufen.«

»Wieso nicht?«

»Irgendwann hätte dich die Polizei bestimmt im Verdacht gehabt«, antwortet Puschkin. »Schließlich warst du als Letzte bei Gloria, bevor sie zu mir gekommen ist. Und Frau von Waldenfels hätte sich garantiert daran erinnert, dass du an dem Abend noch mal bei ihr aufs Klo gegangen bist.«

»Vielleicht tut sie das auch so«, gibt Pia zu bedenken. »Ich meine, sich an mich erinnern.«

Puschkin schüttelt den Kopf. »Jetzt haben sich alle auf die beiden Einbrecher eingeschossen, auf die Einbrecher, jawoll. – Was macht eigentlich dein Arm?« »Geht so.«

»Du musst dich beim Klettern konzentrieren, Kind. Du hast verdammt viel Glück gehabt, verdammt viel, jawoll! – Und ich auch«, fügt er leise hinzu.

Der restliche Tag vergeht wie im Flug. Bei der Visite wird Pia strengstens verboten aufzustehen. Der Arm brauche Ruhe, sonst heile er nicht, sagt der Doktor. Danach wird Puschkin zu Untersuchungen aus dem Zimmer gefahren und kehrt sehr zufrieden mit den Ergebnissen zurück. Am Nachmittag kommen Mama und Papa zu Besuch. Sie scheinen nicht begeistert zu sein, dass Pia und Puschkin in einem Zimmer liegen, sagen aber nichts. Dafür redet Tante Marga, die nach dem Abendessen auftaucht, umso mehr. Es sei ein Wunder, sagt sie. Puschkin könne dankbar sein, dass er in solch einem wunderbaren Krankenhaus liege, wo sich solch prachtvolle Ärzte und Schwestern um ihn kümmerten. Und froh sei sie, dass es ihm besser gehe, so froh. Jetzt müsse er sich aber schonen, das müsse er ihr versprechen. »Puh!«, machen Pia und Puschkin wie aus einem Mund, nachdem Tante Marga aus dem Zimmer gerauscht ist.

»Sie ist eine falsche Schlange«, sagt Pia.

»Ich weiß nicht«, widerspricht Puschkin. »Wenn es mir schlecht ging, konnte ich mich immer auf sie verlassen. Genau wie auf deinen Vater.«

»Mit euch Erwachsenen ist es ziemlich schwierig«, sagt Pia. »Bei euch weiß man nie. Bist du eigentlich in die Gloria von Dingsbums verliebt?«

Puschkin lacht. »Nein, überhaupt nicht. Aber es war schön, als sie gestern Abend meine Hand gehalten hat. Das hat sich ein bisschen angefühlt wie bei Oma. Die hat das auch immer gemacht – wenn ich mal zu Hause war.«

»Hast du sie sehr lieb gehabt?«

Er nickt. »Ich hab's ihr nur zu selten gezeigt. Leider. Es war nicht leicht für sie, mit einem Bankräuber und Tresorknacker zusammenzuleben. Die Jahre, die ich im Gefängnis gesessen habe, müssen schrecklich für sie gewesen sein. Es wäre besser gewesen, wenn ich mir einen anderen Beruf gesucht hätte. Besser für sie. Und für deinen Vater und Tante Marga. Und für mich wahrscheinlich auch.«

Er macht eine Pause und wischt sich über die Augen. Tränen hat Pia noch nie bei Puschkin gesehen, doch vielleicht hat sie bloß nie darauf geachtet. Nachdem er sich die Nase geschnäuzt hat, sagt er: »Du bist ein vernünftiges Mädchen, Pia. Und ich bin ein unvernünftiger alter Knacker, unvernünftig und ein bisschen verrückt, jawoll. Vergiss alles, was ich dir gesagt habe, versprichst du mir das? Und werde bloß nicht meine Nachfolgerin!«

»Keine Angst, Puschkin. Dieses eine Mal hat mir gereicht. Aber zur Bank gehe ich auch nicht.«

Puschkin hat Durst

Am nächsten Tag wird Pia aus dem Krankenhaus entlassen, Mama holt sie mit dem Auto ab. Es gebe keinen vernünftigen Grund, Pia länger in der Klinik zu behalten, sagt der Stationsarzt bei der Morgenvisite. Der gebrochene Arm mache sich gut, sie müsse sich allerdings noch ein bisschen schonen.

Pia ist hundemüde, Puschkin hat die ganze Nacht über erbärmlich geschnarcht. Ein paarmal ist sie aufgestanden und hat ihn mit ihrem gesunden Arm in die Seite gepufft. Dann hat er für ein paar Atemzüge aufgehört, um danach mit noch größerer Lautstärke weiterzusägen. Erst als es draußen schon hell geworden ist, ist sie endlich eingeschlafen.

Mama hat ein gigantisches Frühstück vorbereitet, hat beim Lieblingsbäcker am Fischmarkt frische Schokobrötchen und Berliner Ballen gekauft. Pia isst, bis sie fast platzt. Im Vergleich zu dem, was sie im Krankenhaus zu essen bekommen hat, fühlt sie sich zu Hause wie im Schlaraffenland. Sie nimmt sich fest vor, nicht mehr so oft über Mamas Auberginen-Aufläufe, Tofuschnitzel, Grünkernfrikadellen und Vollwertpizzas zu meckern.

Der Gips, in dem ihr rechter Arm steckt, behindert sie nur beim An- und Ausziehen, aber selbst dabei muss ihr niemand helfen. Es dauert einfach nur länger. Eigentlich ganz praktisch, so ein Gips. Und schön hart – falls einer Lust bekommen sollte, sich mit ihr anzulegen. Solange sie ihn hat, wird Alex jedenfalls keine große Lippe mehr riskieren. Und die anderen aus ihrer Klasse auch nicht.

Während sie frühstücken, erzählt Pia ein bisschen vom Krankenhaus, Mama von ihren Plänen für die großen Ferien. Ibiza und die italienische Adria stehen zur Wahl. Aber ihr liegt was anderes auf der Seele, das merkt Pia deutlich.

Und tatsächlich. »Was hast du mit Opa gemacht?«, fragt Mama irgendwann.

»Mit Opa? Ich? Nichts!«

»Die Ärzte hatten ihn schon fast aufgegeben. Und dann besuchst du ihn, bleibst zwei Minuten bei ihm und es geht ihm gleich besser.«

Aha, offenbar hat Mama sich im Krankenhaus genauer über Pias abendlichen Besuch informiert. Pia nimmt einen Filzstift vom Küchenschrank und schreibt das Datum des vorigen Tages in großen Ziffern mitten auf den schneeweißen Gips. »Damit ich den Unfall nie vergesse«, sagt sie.

»Du lenkst ab«, sagt Mama.

»Tut mir leid«, sagt Pia. »Ehrlich. Es ist ein Geheimnis. Vielleicht erzähle ich es dir später mal.« Sie lehnt sich zu ihrer Mutter hinüber und gibt ihr einen Kuss. »Ich leg mich hin, ja? Puschkin hat die ganze Nacht geschnarcht.«

Ohne sich auszuziehen, rollt sie sich auf ihrem Bett zusammen und schläft sofort ein.

Sie wird wach, als ihre Mutter ins Zimmer kommt und

die Jalousien hochzieht. Pia schaut auf ihren Wecker, er zeigt neun Uhr. Aber es ist überhaupt nicht dunkel. Im Gegenteil, Sonnenlicht flutet durchs Fenster herein, wie sie es sonst nur vom Morgen kennt.

Mama löst das Rätsel. Pia habe zweiundzwanzig Stunden geschlafen, sagt sie trocken.

Vor Überraschung bekommt Pia einen Schluckauf. Zweiundzwanzig Stunden! Mein lieber Mann, sie muss ganz schön müde gewesen sein. Zweiundzwanzig Stunden sind Rekord, sie hält es sonst nie so lange im Bett aus.

Ob Mama was von Puschkin gehört habe, will sie wissen, während sie in ihre Puschen schlüpft, um ins Bad zu gehen.

Er werde heute entlassen.

Er wird schon entlassen? Mensch, das ist die zweite Überraschung an diesem Morgen.

Mama lächelt. Es gehe ihm so gut, dass er nicht mehr im Krankenhaus bleiben wolle, erzählt sie. Zu Hause könne er sich viel besser erholen, habe er gesagt. Die Ärzte seien nicht begeistert von seiner Idee gewesen, aber am Ende habe er sich durchgesetzt.

»Er hat sich durchgesetzt?« Pia kichert. »Dann ist Puschkin wieder der Alte.«

»Sieht so aus. Und du willst mir wirklich nicht sagen, was du mit ihm angestellt hast?«

Pia schüttelt energisch den Kopf. »Keine Chance, Mama.«

Gegen Mittag bringt Papa Puschkin nach Hause. Pia hat den Familienopel am Motorengeräusch erkannt und ist gleich auf die Straße gerannt. Opa stützt sich schwer auf einen Stock. Aber er strahlt.

»Hallo, Kleine«, sagt er. »Da bin ich wieder.«

Am liebsten würde sie ihm jetzt um den Hals springen. Doch Puschkin sieht so klapprig aus, dass sie es lieber bleiben lässt.

»Hallo, alter Schnarchsack«, begrüßt sie ihn.

»Also, Pia!«

»Lass sie, Viola«, sagt Puschkin, während er den Stock an die Garderobe lehnt. »Das Mädchen hat ja recht. Sie hat im Krankenhaus kein Auge zugetan, kein Auge, jawoll. Dafür habe ich geschlafen wie ein ...« Er zögert und grinst Pia an. »... wie ein Stein«, vollendet er schließlich seinen Satz.

Nachdem das Gepäck in die Wohnung unterm Dach gebracht, Puschkin ins Bett verfrachtet worden ist und Pias Eltern wieder nach unten gegangen sind, bleibt Pia als Einzige zurück. Sie setzt sich zu ihrem Großvater ans Bett und fragt: »Wo ist der Smaragd?«

Puschkin greift unters Kopfkissen und zieht ihn hervor. »Ich behalte ihn immer in meiner Nähe«, erklärt er. »Wahrscheinlich haben die sich hier schon gefragt, was ich ständig unter der Bettdecke zu suchen hatte.«

»Mensch, Pia, wenn ich dich nicht hätte«, fährt er nach einer Pause fort. »Du kannst alles von mir haben, alles, was du willst. Du musst es mir nur sagen.«

»Dann möchte ich eine Eins in Mathe.«

»Glaube ich dir gern«, sagt er und lacht. Wenn er lacht, sieht Puschkin fast schon wieder wie vor seinen Herzanfällen aus. »Hast du eigentlich was von der schönen Frau von Waldenfels gehört?«

»Nee, hab ich nicht. Und schön ist sie auch nicht, das will ich dir mal sagen. Als ich bei ihr im Hotel war, hab ich sie ohne Schminke gesehen. Mensch, deine Gloria sah aus wie Lady Frankenstein.«

»Jetzt übertreibst du aber«, sagt Puschkin. »Ob die Dame noch im Grandhotel ist?«, überlegt er laut.

»In der Präsidentensuite wohnt sie bestimmt nicht mehr«, sagt Pia. »Die müssen sie erst renovieren.«

»Rufst du mal an? Bitte, tu mir den Gefallen!«

»Im Hotel? Bist du etwa doch in die Tussi verknallt?«

Puschkin winkt ab. »Unsinn, das ist reine Neugier. Ich wüsste einfach gern, wie die Geschichte weitergegangen ist.«

Am Telefon erfährt Pia, dass Gloria von Waldenfels gleich am Tag nach dem Einbruch verschwunden sei.

»Verschwunden?«, fragt Pia erstaunt.

Auf der anderen Seite der Leitung ist ein verlegenes Räuspern zu hören. Dann sagt die Frau von der Rezeption mindestens ein Dutzend Mal, dass Frau von Waldenfels abgereist sei. Es sei ein Versprecher gewesen, die Dame sei natürlich abgereist, abgereist, abgereist.

Als Pia Puschkin von dem Telefongespräch berichtet, verfällt er in langes Grübeln. Irgendwann öffnet er das Nachtschränkchen. »Wo ist meine Flasche?«, fragt er. »Sie muss noch fast voll gewesen sein, fast voll, jawoll.« Dann richtet er sich ächzend im Bett auf und sagt: »Wenn Frau von Waldenfels verschwunden ist, hat sie die Hotelrechnung nicht bezahlt.«

»Nicht bezahlt? Wie meinst du das? Sie hat doch Geld wie Heu!«

Puschkin wiegt seinen kahlen Schädel hin und her. »Hat sie das wirklich?«, murmelt er. Und dann lauter: »Entweder steckt sie mit den Einbrechern unter einer Decke …«

»Oder?«

»Ich darf gar nicht daran denken, was die andere Möglichkeit ist«, sagt Puschkin und kratzt sich ausgiebig am Hinterkopf. »Oder sie ist eine Hochstaplerin und wollte mich ausnehmen.«

Pia versteht nur Bahnhof.

»Wahrscheinlich hätte sie mich irgendwann um Geld gebeten, damit sie die Hotelrechnung bezahlen kann«, erklärt er. »Oder sie hätte sogar versucht, mich rumzukriegen, dass ich sie heirate.«

Jetzt endlich fällt bei Pia der Groschen. »Sie hat gedacht, du bist ein reicher älterer Herr. Deshalb hat sie sich so aufgeregt, als ich ihr gesagt hab, dass du im Krankenhaus liegst. Wenn du gestorben wärst, wäre sie nicht an dein Geld rangekommen.«

»Kann sein«, sagt Puschkin. »Woher sollte sie auch wissen, dass ich nur hinter dem Smaragd der Königin her war!«

»Wenn es so ist, wie du sagst«, überlegt Pia, »dann habt ihr euch beide was vorgemacht. Dann hat sie die reiche Dame gespielt und du den reichen Herrn.«

Puschkin sagt nichts dazu. Wahrscheinlich hat sie haargenau ins Schwarze getroffen.

»Und was ist mit dem Stein?«, fragt sie.

»Du meinst, wenn der genauso falsch ist wie die reiche Frau von Waldenfels? Wenn der Smaragd nur der Köder war?«, fragt Puschkin zurück. »Wenn sie die Geschichte mit dem Stein bloß in die Zeitung gebracht hat, um einen alten Trottel wie mich in die Finger zu kriegen?« Er greift unters Kopfkissen, holt den Smaragd, oder was immer es ist, hervor und hält ihn gegen das Licht. »Er ist wunderschön«, murmelt er. »Ein richtiges Prachtstück. Ich könnte ihn von einem Juwelier untersuchen lassen, von einem Juwelier, jawoll.«

»Tu das, Puschkin!«

»Ich weiß nicht, ob ich das will«, sagt er.

Pia gibt ihm einen Kuss und steht auf. »Schlaf ein bisschen«, sagt sie.

Er grinst. »Du redest schon wie deine Mutter. Wenn du der Flasche begegnest, bring sie rauf, ja?«

Puschkin fällt aus allen Wolken

Die Sommerferien kommen – und mit ihnen die Zeugnisse. Einstein bringt bis auf eine Zwei in Sport nur Einsen mit nach Hause, niemand aus der Familie hat etwas anderes erwartet. Pia ist versetzt worden, es hat im ersten Halbjahr gar nicht danach ausgesehen. In Mathe hat sie sogar noch eine Drei geschafft, für die Arbeit, die sie während Puschkins Erkrankung geschrieben hat, hat sie eine gute Zwei bekommen. Die letzten Tests in Biologie, Physik und Geschichte hat sie wegen ihres gebrochenen Arms nicht mitzuschreiben brauchen. So hat die mündliche Mitarbeit gezählt – und da hat sie sich mächtig ins Zeug gelegt.

In einem Fach ist sie sogar zum allerersten Mal besser als Einstein: In Sport hat ihr Herr Hanselmann eine Eins gegeben.

Das ärgert Thomas so sehr, dass er sich gar nicht mehr über seine anderen Noten freuen kann. Stattdessen schimpft er beim Mittagessen über den Sportlehrer, der keinen Schimmer habe, der ihn noch nie habe leiden können und der sowieso immer nur die Mädchen bevorzuge.

»Alles Ausreden«, sagt Pia. »In Sport bist du eben ein Versager. Da wird nie was aus dir.« Mensch, tut das gut, ihrem

Bruder endlich ein paar von seinen Gemeinheiten heimzahlen zu können!

»Ich könnte dich trainieren«, fährt Pia fort und grinst. »Im Boxen zum Beispiel.«

Einstein springt auf. »Blöde Tussi!«, ruft er wütend und verschwindet in seinem Zimmer.

»Jetzt geht's mir besser«, sagt Pia und zwinkert Puschkin zu. Der zwinkert zurück.

Während Pia mit ihrem zugegeben nicht besonders eindrucksvollen Zeugnis bei ihren Eltern und Tante Marga leer ausgeht, gibt ihr Puschkin zwanzig Euro. Ihre Noten seien doch gar nicht schlecht, sagt er. Sie habe keine Fünf gekriegt, mehr könne man von einem so viel beschäftigten Mädchen wie Pia nicht erwarten. Mama und Papa sind da völlig anderer Meinung.

Seit seiner Entlassung aus dem Krankenhaus geht es Puschkin mit jeder Woche besser – genau wie Pia, die schon lange den Gips abhat und den Arm nur noch ganz selten spürt. Ab und zu zwickt Opa sein Rheuma, doch sein Herz erholt sich immer mehr. Inzwischen kommt er auch zum Essen wieder nach unten in die Küche.

Am vierten Tag der Sommerferien, es ist ein Donnerstag, klopft es morgens gegen neun an Pias Tür. Es dauert eine Weile, bis sie zu sich kommt. Am Abend zuvor ist sie bis um zehn mit Johannes zusammen gewesen. In den großen Ferien darf sie jetzt länger draußen bleiben. Das hat sie in einem stundenlangen Gespräch mit ihren Eltern durchsetzen können. Die beiden sind so was von schwierig gewesen!

»Herein!«, ruft Pia.

Es ist Puschkin. Er trägt ein kariertes Oberhemd unter

einer hellgrünen Sommerjacke, scheußliche braune Knickerbocker, rote Wollstrümpfe und uralte Wanderschuhe. Auf seinem kahlen Schädel sitzt ein Tirolerhut mit einem mottenzerfressenen Gamsbart.

Pia lacht. »Karneval ist im Februar, Puschkin.«

»Steh auf, Kind«, sagt er, ohne auf ihren Spott einzugehen. »Heute ist es so weit, heute, jawoll.«

Sie setzt sich auf die Bettkante, reibt sich die Augen und gähnt. Was er vorhabe, fragt sie.

»Auf den Montblanc komme ich nicht mehr rauf«, sagt er. »Aber den Kuhberg müsste ich eigentlich schaffen. Attacke!«

Der Kuhberg ist die höchste Erhebung im Umkreis von dreißig Kilometern. Pia hat in Heimatkunde gelernt, dass er genau 89 Meter hoch ist. Auf der Spitze des Hügels gibt es sogar ein Fernrohr, in das man eine Münze einwerfen muss, wenn man durchgucken will. In der Grundschule ist Pia mit ihrer Klasse mal hinaufgewandert, es war noch langweiliger als der Besuch im Klärwerk.

Sie schaut aus dem Fenster. Der Himmel ist wolkenlos blau, es wird ein heißer Tag. »Warum willst du auf den Kuhberg?«, will sie von Puschkin wissen.

»Erstens war ich noch nie oben«, antwortet er. »Und zweitens ...« Dann erzählt er ihr von dem Zeitungsartikel über den alten Bergführer, der gemeinsam mit seinem Urenkel auf den Montblanc gestiegen ist. Das habe in demselben Blatt gestanden wie der Bericht über den Smaragd der Königin, sagt er.

»Ach, deshalb sollten wir den Stein klauen«, sagt Pia. »Weil du auf den Montblanc klettern wolltest.«

»So ungefähr.«

»Meinst du, wir beide kriegen auch eine Schlagzeile in der Zeitung?«, fragt sie und springt aus dem Bett.

»Eine Schlagzeile?«

»70-jähriger Tresorknacker mit Enkelin auf dem Kuhberg«, sagt Pia. »Klingt doch toll, oder?«

»Das fehlt noch«, sagt Puschkin.

Ob Johannes mitkommen dürfe, fragt Pia auf dem Weg zum Badezimmer.

»Ich würde den Knaben gern mal kennenlernen, sehr gern, jawoll«, sagt Puschkin.

Eine Viertelstunde später hocken Pia, Puschkin und Johannes im Taxi. Puschkin sitzt auf dem Beifahrersitz, Pia und Johannes sitzen hinten.

Wo es denn hingehen solle, fragt die Taxifahrerin.

Zum Kuhberg, antwortet Puschkin.

»Zum Kuhberg?« Die Taxifahrerin runzelt die Stirn. »Das kostet Sie aber eine Stange Geld!«

»Geld ist nicht alles«, erklärt Puschkin.

In der nächsten halben Stunde fährt das Taxi durch die flache Marschlandschaft, am Wefelstädter Moor vorbei und über den Kanal, auf dem ein paar kleine Motorboote und Kanus unterwegs sind. Pia hat ganz vergessen, wie schön es hier ist. Außer ihnen scheint niemand an diesem Tag unterwegs zu sein, sie begegnen nur Kühen, Schafen und Möwen, Tausenden von Möwen.

Als sie am Kuhberg aussteigen, steht die Sonne fast senkrecht am Himmel. Im Taxi war die Klimaanlage eingeschaltet, deshalb trifft die Hitze die drei wie ein Fausthieb.

»War wohl doch keine gute Idee«, murmelt Puschkin, nachdem er die Taxifahrerin gebeten hat zu warten. Sie könne sie in ein paar Minuten wieder mit zurück in die Stadt nehmen, hat er gesagt. Die Frau hat bloß mit den Schultern gezuckt, die Uhr am Armaturenbrett weiterlaufen lassen und es sich im Schatten ihres Autos gemütlich gemacht.

»Wir müssen da nicht hoch«, sagt Pia. »Wenn es dir heute zu heiß ist, lassen wir es lieber.«

Puschkin schüttelt den Kopf. »Ich schaffe das schon.« Er steckt die Hand in die Hosentasche und zieht den Smaragd heraus. »Der hier wird mir helfen«, sagt er. »Und jetzt, Freunde: Attacke!«

Der Kuhberg ist eigentlich gar kein richtiger Berg, sondern nur ein kleiner, mit niedrigen Büschen bewachsener Hügel. Ein Schotterweg führt an seiner Flanke entlang. Pia läuft hinauf und ist wenig später wieder zurück. Die paar Meter wird sogar Puschkin locker schaffen.

»Alles klar zum Aufstieg«, sagt sie. »Keine Lawinengefahr, kein Steinschlag, keine Gletscherspalten. Hast du das Kletterseil dabei, Puschkin?«

Der droht ihr lachend mit der Faust. »Wenn du mich auf den Arm nehmen willst, musst du früher aufstehen, früher, jawoll«, schimpft er. »Wahrscheinlich kommst du mit siebzig nicht mal mehr allein aus dem Bett.«

»Komme ich wohl«, widerspricht Pia. »Ich kriege doch den Smaragd. Oder etwa nicht?«

Statt ihr zu antworten, schiebt Puschkin los. Schwer auf seinen Stock gestützt, macht er die ersten Schritte auf dem Weg zum Gipfel. Johannes und Pia gehen neben ihm, um ihn aufzufangen, falls er stolpert.

Obwohl sie im Schneckentempo steigen, ist Puschkin schon bald außer Atem. Bei jedem Schritt gibt der Schotter nach, ein paarmal müssen Pia und Johannes Puschkin stützen. Sein Gesicht ist rot angelaufen, dicke Schweißperlen stehen auf seiner Stirn. Aber er gibt nicht auf, ächzend und keuchend setzt er einen Fuß vor den anderen.

»Lasst uns wieder runtergehen«, sagt Pia, die sich um Puschkins Gesundheit Sorgen zu machen beginnt.

»Finde ich auch«, pflichtet Johannes ihr bei.

Puschkin bleibt stehen, nimmt den Tirolerhut ab und wischt sich mit einem großen, karierten Taschentuch den Schweiß von der Stirn. Ein paarmal atmet er tief durch und fragt dann: »Weißt du, was ich früher war, mein Junge?«

Johannes nickt.

»Sag es!«

»Na ja« – Johannes zögert. »Sie waren … sie haben …«

»… Tresore geknackt, Tresore!«, vollendet Puschkin den Satz. »Da brauchst du gar nicht so rumzudrucksen. Schließlich habe ich dafür im Gefängnis gesessen. Und wisst ihr, was meine oberste Regel war?«

»Kein Dynamit«, sagt Pia.

Puschkin lächelt. »Das auch, mein Kind. Nein, meine oberste Regel lautete: Immer Attacke, immer, jawoll! Wenn du erst vor dem Tresor stehst, musst du ihn knacken, egal, wie schwierig es ist. Und jetzt werde ich diesen verdammten Berg knacken!«

»Hügel«, sagt Pia.

»Berg«, widerspricht Puschkin.

»Berg«, stimmt ihm Johannes zu.

»Typisch«, sagt Pia. »Männer halten immer zusammen.«

Puschkin setzt sich wieder in Bewegung, die beiden Kinder passen auf, dass nichts passiert. Auf dem letzten etwas steileren Stück macht er nach jedem Schritt eine Pause, doch er lässt sich von Pia und Johannes nicht helfen.

Endlich haben sie es geschafft. Puschkin fällt schwer auf die Bank, die neben dem Fernrohr steht. »Dies war ein kleiner Schritt für euch«, sagt er feierlich, als er wieder Luft bekommt. »Aber ein großer für mich, ein verdammt großer, jawoll.«

»Warum?«, fragt Pia.

Puschkin schaut eine Weile vor sich auf den Boden. Dann blickt er Pia an. Sein Gesicht hat sich verändert. »Weil ich die letzten Wochen Angst hatte«, antwortet er ernst. »Weil ich mir nichts mehr zugetraut habe. Weil ich immer drauf gewartet habe, dass ich wieder einen Anfall bekomme.«

Pia gibt ihm einen Kuss auf die Backe. »Wer den Kuhberg bezwingt, wird hundert Jahre alt.«

»Mindestens«, sagt Johannes.

Jetzt zieht Puschkin aus seiner linken Jackentasche eine dicke Fleischwurst und aus der rechten ein ziegelsteingroßes Stück Käse. Aus seiner linken Hosentasche zaubert er drei Trinkpäckchen und aus der rechten drei Schokoriegel. Und schließlich öffnet er die Knickerbocker an den Knien, und heraus fallen zwei Tüten mit den Zitronenbonbons, die Pia so gern mag.

»Kein Wunder, dass Sie aus der Puste gekommen sind«, sagt Johannes. »Bei dem Gewicht, das Sie schleppen mussten. Wir hätten Ihnen helfen können.«

»Ich hab's auch so geschafft«, sagt Puschkin stolz. Dann essen sie und trinken, und am Ende rufen sie auch die Taxifahrerin herauf, die sich mit großem Appetit über die Reste hermacht.

Hinterher liegen alle vier faul im Gras und lassen sich von der Sonne bescheinen. Plötzlich fährt Puschkin hoch. »Verdammt, die Taxiuhr!«, ruft er.

Die Taxifahrerin legt ihm beruhigend die Hand auf den Arm. »Keine Angst, die habe ich abgestellt.«

»Donnerwetter, das nenne ich nobel«, sagt Puschkin und mustert die Frau von oben bis unten. Sie ist nicht mehr jung, das nun wirklich nicht. Aber sie hat einen schönen Busen und lange schwarze Haare mit ein paar grauen Strähnen drin.

»Haben Sie heute Abend was vor?«, fragt er.

»Puschkin!«, ruft Pia. Geht das mit Opa etwa schon wieder los?

»Darf ich Sie zum Essen einladen?«, fragt er.

»Puschkin!«, ruft Pia. Das darf doch nicht wahr sein! Wird Opa denn nie vernünftig?!

»Wie wär's, wenn Sie mich gegen acht abholen?«, fragt er. »Wir suchen uns ein schönes Lokal, ja? Was halten Sie von italienisch?«

»Puschkin«, zischt Pia. »Du weißt, was der Arzt gesagt hat.«

»Ärzte!« Puschkin macht eine wegwerfende Handbewegung. »Wer den Kuhberg besteigt, braucht keinen Arzt. Und jetzt fahren wir nach Hause! Attacke!«

Auf der Rückfahrt sagt zuerst keiner was. Puschkin hat den Arm um die Rückenlehne des Fahrersitzes gelegt und schaut die Frau lächelnd von der Seite an. Ein paarmal lächelt die Taxifahrerin zurück. Sie ist höchstens fünfzig. Was will sie mit so einem alten Mann? Wahrscheinlich ist sie hinter Puschkins Geld her, genau wie diese Gloria, geht es Pia durch den Kopf. Wer hundert Euro für eine Taxifahrt ausgeben kann, muss reich sein, denkt die. Dabei ist Puschkin arm wie eine Kirchenmaus – jedenfalls behauptet das Tante Marga. Pia ist sich da nicht so sicher. Der elegante Kaschmirmantel, den er sich extra für die Treffen mit Gloria von Dingsbums zugelegt hat, hat bestimmt ein Vermögen gekostet.

»Mein Großvater hatte einen schweren Herzanfall«, sagt sie zu der Taxifahrerin.

Puschkin dreht sich entgeistert um. »Pia!«, ruft er.

»Er ist fast daran gestorben«, fährt sie ungerührt fort.

»Pia!!«

»Sie haben ihn mit Elektroschocks ins Leben zurückgeholt. Es war ganz schön knapp.«

»Pia!!!«

»Oh«, sagt die Taxifahrerin.

»Aber ich bin doch auf den Kuhberg …«, beginnt Puschkin.

»Sie müssen sich schonen«, sagt die Frau und biegt in den Kirchweg ein. »Ich kenne das sehr gut. Mein Vater hatte auch mal einen Herzanfall.«

»Mistbiene!«, zischt Puschkin Pia zu, als sie aussteigen. »Meine Rache wird schrecklich sein!« Er bezahlt und humpelt aufs Haus zu. Umständlich holt er den Schlüsselbund aus der Hosentasche und sperrt auf.

»Ich wollte dir doch nur helfen«, sagt Pia, während er sich die Zeitung, die neben dem Telefon liegt, unter den Arm klemmt und dann langsam die Treppen zu seiner Wohnung hinaufsteigt.

Er bleibt stehen. »Du hast mir mein Rendezvous kaputt gemacht, kaputt, jawoll! Vielleicht wäre es das letzte meines Lebens gewesen!«

»Die Frau wollte dich ausnehmen! Hast du das nicht gemerkt?«, ruft Pia. »Genau wie deine Gloria von Wald und Wiesen!«

»Von Waldenfels«, korrigiert sie ihr Großvater. »Außerdem – woher willst du das wissen? Die Taxifahrerin war doch sehr nett. Und sie hatte eine stattliche …«

»… Figur, ich weiß«, unterbricht ihn Pia und seufzt. »Du bist unmöglich, Puschkin!«

Er wischt sich den Schweiß aus dem Gesicht. »Vielleicht hast du recht«, sagt er und lächelt. Ein bisschen wenigstens. »Na schön, ich werde dich nicht enterben. Vorläufig nicht. Aber wenn du mir bei irgendeiner Dame noch einmal die Tour vermasselst, kann ich für nichts mehr garantieren. Verstanden?«

Später sitzt Pia mit Johannes in ihrem Zimmer. Er hockt auf dem Schreibtischstuhl, sie hat es sich auf ihrem Bett gemütlich gemacht. Ihre Mutter kommt heute später aus der Bank, sie haben dort eine Betriebsversammlung oder wie das heißt.

»Du hast einen irren Opa«, sagt Johannes. »So einen hat keiner.«

Pia schweigt.

»Aber er ist in Ordnung«, fährt er fort. »Auch wenn er total verrückt ist.«

Dann sagt er nichts mehr und sie auch nicht. Sobald Pia Johannes anguckt, dreht er seinen Kopf zum Fenster. Wenn er es nicht länger aushält und zurückschaut, guckt sie weg. In ihrem Bauch kribbelt es komisch, wahrscheinlich hat sie Hunger. Andererseits hat sie auf dem Kuhberg ausgiebig gegessen: Käse, Wurst und jede Menge Bonbons. Und das ist gerade mal eine knappe Stunde her. Vielleicht ist sie doch … ein bisschen … ein ganz klein wenig … in Johannes …?

»Du hast tolle Haare«, sagt er jetzt in Richtung Fenster. »Keine hat so tolle Haare wie …«

»Ich, ich weiß. Das hast du mir schon tausendmal gesagt.«

»Weil es stimmt«, sagt Johannes und schaut noch immer krampfhaft aus dem Fenster.

»Wie findest du eigentlich meinen Namen?«, fragt sie.

Jetzt guckt er sie an.

»Also blöd«, sagt sie.

Johannes schüttelt den Kopf. »Das nicht. Aber vielleicht würde Laura besser zu dir passen.«

»Laura?« Pia springt auf. »Du spinnst ja! Ich hab den Safe in der Präsidentensuite geknackt und du willst mich Laura nennen! Laura heißen Mädchen, die ein Pony haben und nach Pferdestall stinken.«

»Entschuldigung«, flüstert Johannes und wird knallrot. Süß sieht das aus, richtig süß. Pia kann nicht anders. Sie steht auf, geht zu ihm, legt ihm ihre Arme um den Hals und …

Da klopft es. Es ist Puschkin. Ausgerechnet in diesem entscheidenden Moment muss er auftauchen. Ohne zu fragen, lässt er sich auf Pias Bett fallen und schwenkt die Zeitung. »Lest das!«, ruft er und tippt auf die letzte Seite.

Unter der dicken Überschrift »Falsche Milliardärswitwe gefasst« steht dort zu lesen: »Eine der meistgesuchten Heiratsschwindlerinnen wurde jetzt in einem Luxushotel an der Côte d'Azur gefasst. Die 69-jährige Frau stand seit Jahren auf internationalen Fahndungslisten. Immer wieder war es ihr gelungen, wohlhabende ältere Männer um Millionenbeträge zu erleichtern. Zuletzt gab sie sich als Milliardärswitwe und Besitzerin des ›Smaragds der Königin‹ aus. Duplikate des berühmten Steins ermöglichten ihr den Zugang zu allen großen Hotels der Welt, so auch zum Grandhotel in unserer Stadt (wir berichteten). Das Original des Smaragds befindet sich im Besitz eines südafrikanischen Diamantenhändlers. Inzwischen wurde die Auslieferung der Heiratsschwindlerin nach Deutschland beantragt.«

Puschkin fährt sich mit der Hand über den Schädel. »Sie war neunundsechzig«, murmelt er. »Neun-und-sechzig!«

»Sonst hast du keine Sorgen?«, ruft Pia verwundert. »Du, der Stein ist eine Fälschung!«

»Sie war neunundsechzig«, wiederholt Puschkin. »Und ich dachte, sie ist mindestens fünfzehn Jahre jünger als ich. Schließlich war sie eine stattliche Frau, stattlich, jawoll.«

»Vergiss die Tussi!«, schimpft Pia. »Für so einen dämlichen Plastiksmaragd hätte ich mir fast das Genick gebrochen! Jetzt kannst du den Stein wegschmeißen!«

»Wegschmeißen?« Puschkin greift in die Hosentasche und holt den falschen Edelstein heraus. Komisch, jetzt wo sie weiß, dass er nicht echt ist, findet Pia ihn überhaupt nicht mehr schön. Im Gegenteil. Eigentlich ist sein Grün sogar ein bisschen stumpf, jeder Mensch mit zwei gesunden Augen könnte sofort sehen, dass es ein Duplikat ist.

»Den Teufel werde ich tun, den Teufel, jawoll«, sagt Puschkin und streicht zärtlich über den Stein. »Ohne das Ding hier wäre ich nicht mehr am Leben. Ist mir egal, ob er echt ist oder nicht, ob er wirklich hilft oder ob alles nur Einbildung ist. Ich behalte ihn, mir bringt er Glück.«

Damit steht er auf. »Jetzt könnt ihr weitermachen. Attacke!«, sagt er, boxt Johannes gegen die Schulter, gibt Pia einen Kuss und humpelt schmunzelnd hinaus.

»Du, Puschkin?«, ruft Pia wütend hinter ihm her. Jetzt ist auch sie knallrot geworden. »Weißt du, was du bist?«

»Ja, klar!«, kommt es aus dem Treppenhaus zurück. »Der älteste Tresorknacker, der je auf dem Gipfel des Kuhbergs gestanden hat! Der älteste, jawoll!«

Jürgen Banscherus

Keine Hosenträger für Oya

Hosenträger sind das Erkennungszeichen einer Jungenbande in einem Vorort von Dortmund. Das türkische Mädchen Oya wollen die Jungs natürlich nicht dabeihaben, auch wenn ihr Bruder Sinan beim geplanten Bau eines Floßes der Anführer ist. Sinan findet das bescheuert und sucht sich lieber andere Freunde. Dass er sich dabei einer Gruppe von Ladendieben anschließt, erkennen die Hosenträger erst, als es fast zu spät ist. Höchste Zeit, sich für einen Freund stark zu machen! Jürgen Banscherus erzählt in dieser spannenden Bandengeschichte auch vom Leben einer türkischen Familie in Deutschland.

176 Seiten.
Arena-Taschenbuch.
Ab 10 Jahren.
ISBN 978-3-401-01581-1
www.arena-verlag.de